JN019969

高速戦艦「赤城」2

「赤城」初陣

横山信義
Nobuyoshi Yokoyama

C★NOVELS

扉　画　佐藤道明
地図・図版　安達裕章
編集協力　らいとすたっふ

目次

沖ノ鳥島

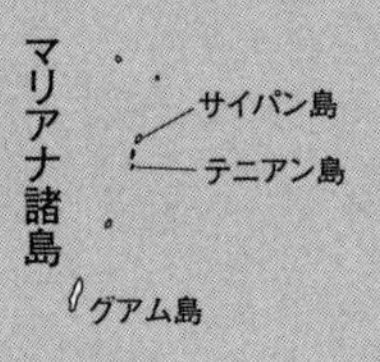

太平洋

トラック環礁

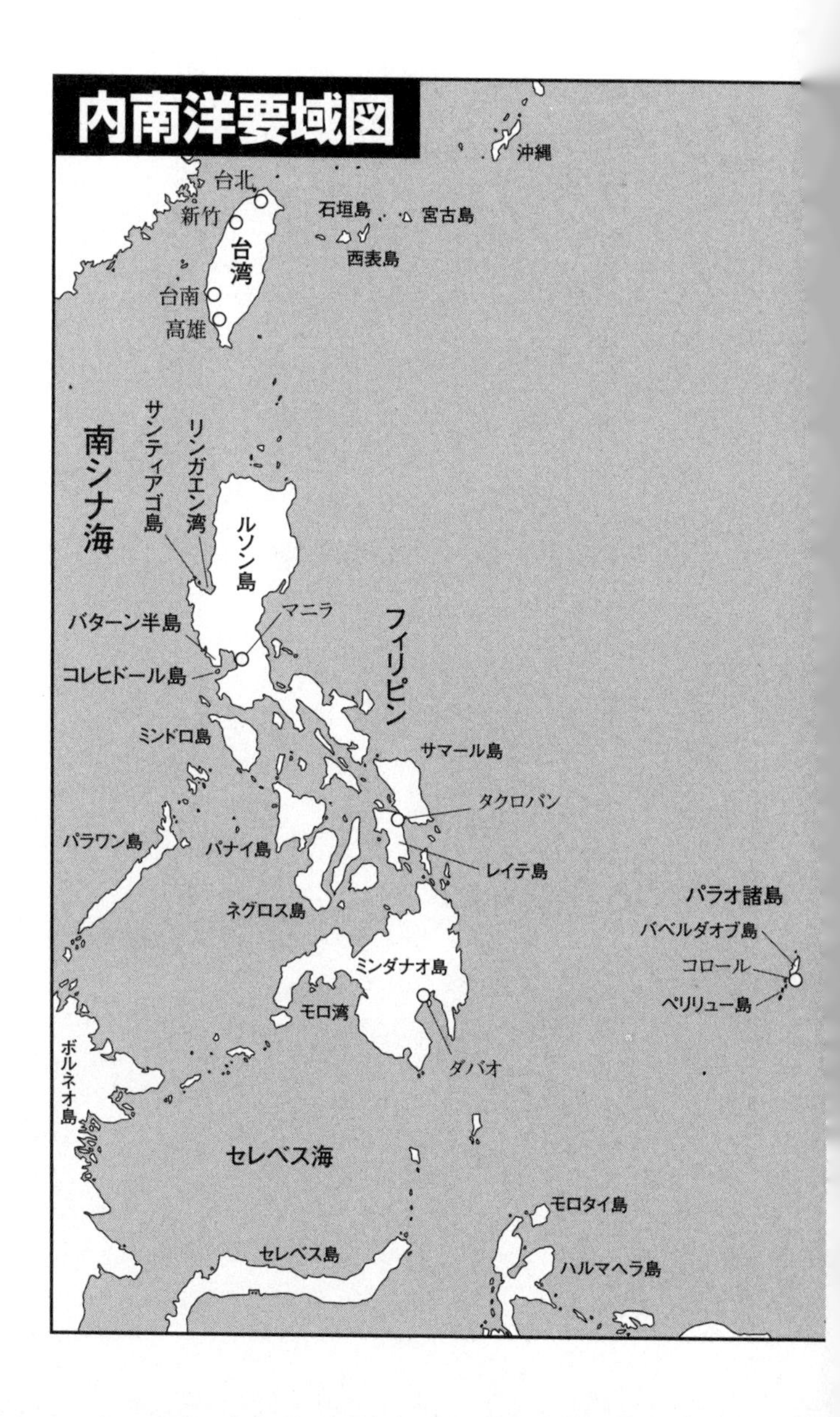
内南洋要域図
沖縄
台北
新竹
石垣島
宮古島
西表島
台湾
台南
高雄
南シナ海
サンティアゴ島
リンガエン湾
ルソン島
マニラ
フィリピン
バターン半島
コレヒドール島
ミンドロ島
サマール島
タクロバン
パラワン島
パナイ島
レイテ島
ネグロス島
パラオ諸島
バベルダオブ島
コロール
ペリリュー島
ミンダナオ島
モロ湾
ダバオ
ボルネオ島
セレベス海
モロタイ島
セレベス島
ハルマヘラ島

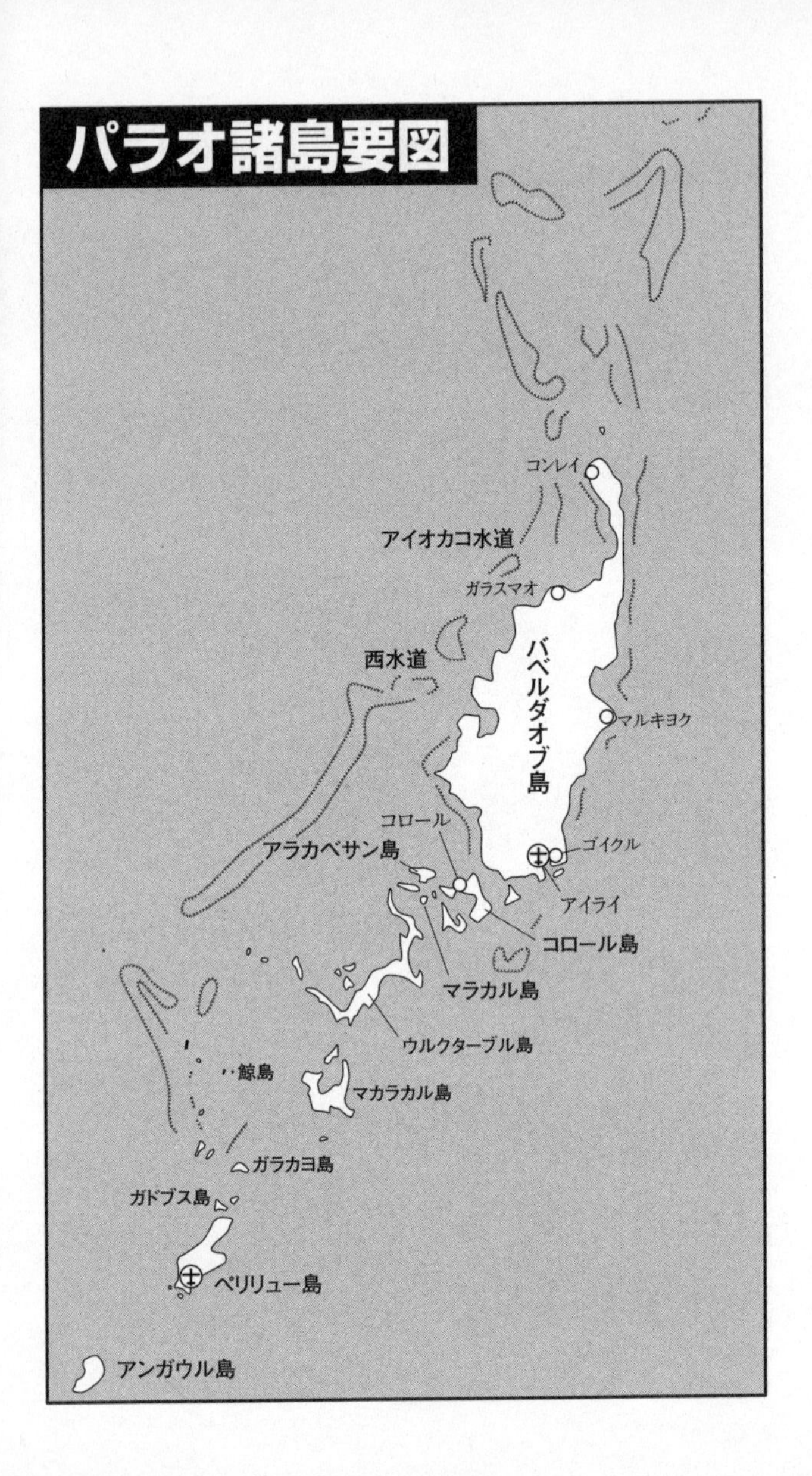
パラオ諸島要図
コンレイ
アイオカコ水道
ガラスマオ
西水道
バベルダオブ島
マルキヨク
コロール
アラカベサン島
ゴイクル
アイライ
コロール島
マラカル島
ウルクターブル島
鯨島
マカラカル島
ガラカヨ島
ガドブス島
ペリリュー島
アンガウル島

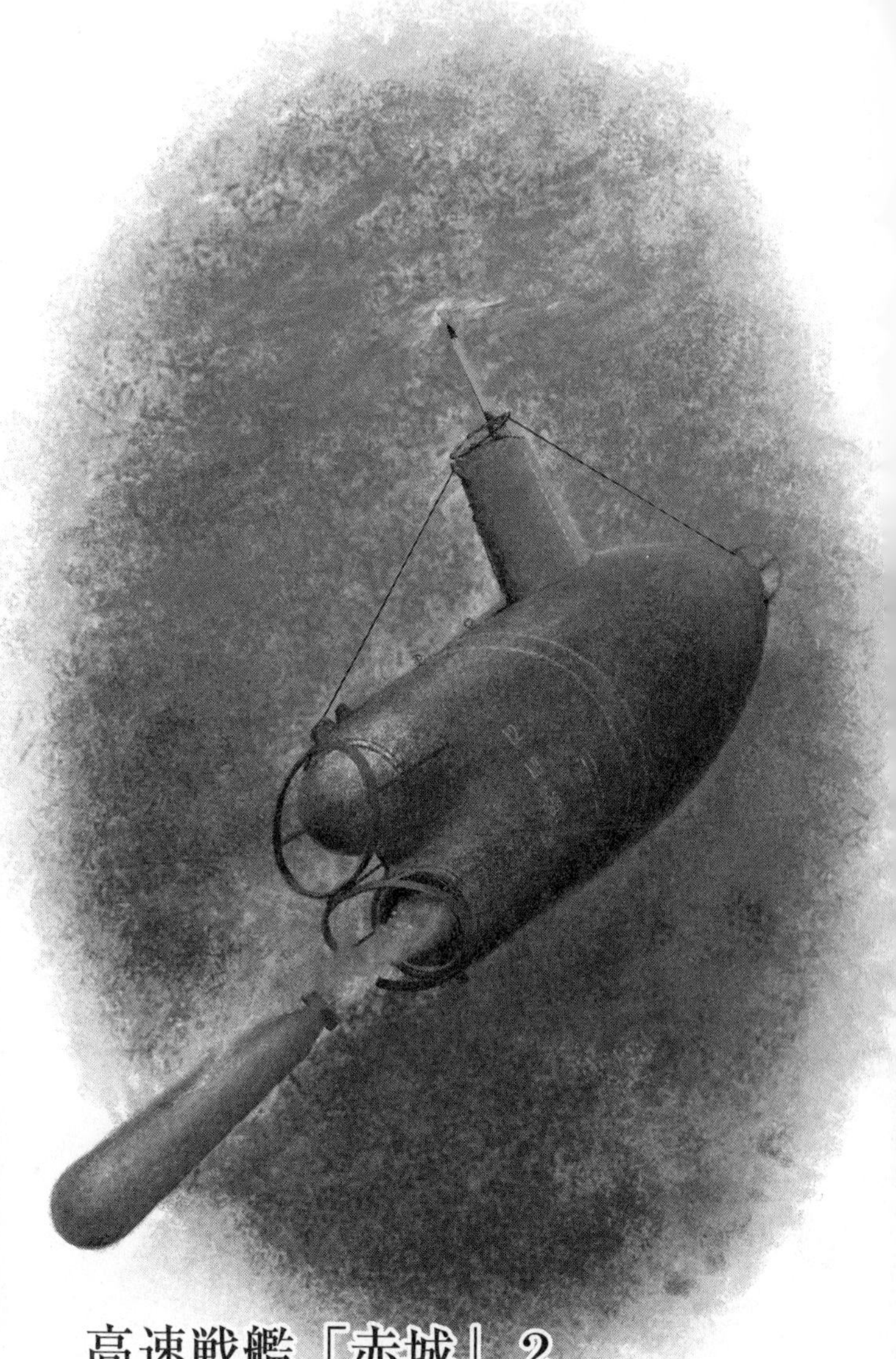

高速戦艦「赤城」2

「赤城」初陣(ういじん)

第一章　ルソンの襲撃者

1

「索敵機より受信！」

　第二艦隊旗艦「鳥海」の艦橋に、通信参謀中島親孝少佐が報告を上げた。

　昭和一六年一二月二日。

　フィリピン・ルソン島の北西部に位置するリンガエン湾の湾口付近だ。

「鳥海」の周囲には、丈高い艦橋と太く長い主砲を持つ第三戦隊の戦艦「金剛」「榛名」や、「鳥海」と共に第四戦隊を編成する姉妹艦「摩耶」、第五戦隊の重巡洋艦「羽黒」「足柄」、第四水雷戦隊の軽巡洋艦「那珂」と駆逐艦一二隻が展開している。

　開戦時の第二艦隊旗艦「愛宕」は、一〇月二五日のルソン沖海戦で損傷したため、司令長官近藤信竹中将は「鳥海」に将旗を移すと共に、艦隊の再編成を実施していた。


「『敵味方不明ノ巡三、駆八見ユ。位置、〈サンティアゴ島〉（リンガエン湾西端の小島）ヨリノ方位二四〇度、五〇浬。二二三六（現地時間二一時三六分）』。『足柄』一号機の報告です」

「来たか！」

　中島が報告電を読み上げると、艦橋の空気が張り詰めた。

　現在の時刻は二三時一七分（現地時間二二時一七分）。索敵機が報告電を打ってから、四一分が経過している。

　発見された艦隊が、最大戦速で突進しているとすれば、二〇浬は進んだ計算だ。敵は、リンガエン湾口まで三〇浬と迫ったことになる。

　近藤は、湾内に視線を向けた。

　この日、リンガエン湾には、日本陸軍第二五軍が上陸し、海岸に橋頭堡を築きつつある。

　上陸に際しては、米軍の激しい抵抗が予想されたが、案に相違して海岸での反撃はなく、第二五軍は無血で上陸したのだ。

「ルソン沖海戦における米アジア艦隊の敗北が、米陸軍部隊の戦意を喪失させたのだろう」

と、近藤は考えている。

開戦時、米アジア艦隊には九隻もの戦艦が配備され、ルソン島周辺に睨みを利かせていた。

それらの中には、世界最強の火力を誇るサウス・ダコタ級戦艦六隻が含まれており、帝国海軍の戦艦が束になっても、かなわぬのではないかとさえ思われた。

ところが日本軍は、機動部隊と基地航空隊の航空攻撃、及び第二艦隊の夜襲によって、敵戦艦二隻を撃沈し、四隻を撃破した。

米アジア艦隊の戦艦のうち、三分の二を戦列から落伍させたのだ。

海戦終了後、アジア艦隊は、母港としていたマニラ湾のキャビテから姿を消している。

「アジア艦隊の残存部隊が、第二五軍の上陸を阻止するため、リンガエン湾に突入して来る可能性がある」

第二艦隊はこのように考えていたが、その危惧は、日没後に現実のものとなったのだ。

巡洋艦と駆逐艦を合わせて一一隻の小部隊だが、上陸直後の第二五軍にとっては、大きな脅威だ。

将兵はほとんど上陸を終えたが、補給物資の揚陸はまだ終わっていない。

輸送船を撃沈され、補給物資を喪失すれば、マニラへの進撃は不可能になる。

「敵艦隊の湾内突入を、断固阻止する。船団にも、上陸部隊にも、指一本触れさせぬ」

「やりますか、長官！」

宣言するような近藤の言葉を受け、参謀長白石万隆少将が意気込んだ様子で叫んだ。

八日前、米軍最強のサウス・ダコタ級戦艦と戦ったときの闘志が甦ったようだ。

近藤は、野太い声で下令した。

「合戦準備。夜戦に備え!」

2

アメリカ合衆国海軍第一四任務部隊は、旗艦「ヘレナ」を先頭に単縦陣を組み、サンティアゴ島の北西岸から北岸へと回り込みつつあった。

合衆国が中国の国民党政府と協定を結んで、軍を駐留させていた海南島に、アジア艦隊から派遣されていた分遣隊だ。

開戦前は南シナ海封鎖の一翼を担い、海南島周辺の警備に当たっていたが、一〇月二五日のリンガエン湾海戦、マニラ湾口海戦(両者とも、ルソン沖海戦の米側公称。米海軍では二つの海戦と認識している)により、フィリピンを巡る情勢は一変した。

南シナ海の海上交通路を遮断し、日本を締め上げるはずが、逆に合衆国領であるフィリピンが脅かされている。

TF14は日本軍のルソン島上陸を阻止すべく、海南島三亜港からリンガエン湾に急行したのだった。

(合衆国艦隊が、劣勢を強いられるとは)

TF14司令官ボブ・ループ少将には、その悔しさがある。

アジア艦隊司令長官ウィルソン・ブラウン大将は、「連合艦隊など、アジア艦隊に配備された九隻の戦艦だけで圧倒できる」

と豪語しており、ループもその言葉を信じた。

そのアジア艦隊の堂々たる勇姿は、マニラ湾から消えた。ルソン島を放棄して、フィリピン南部に避退したのだ。

サンティアゴ島に潜む沿岸監視部隊の報告によれば、船団を護衛している日本艦隊は、金剛型の戦艦が二隻に重巡が四隻、駆逐艦が一〇隻以上だ。

TF14の兵力は、軽巡洋艦三隻、駆逐艦八隻。

軽巡は一五・二センチ三連装砲五基を装備するセントルイス級、ブルックリン級であり、二〇・三センチ砲装備の重巡が相手でも互角に戦える艦だが、戦艦が相手では分が悪過ぎる。

「軽巡三隻が、危険な役を引き受ける以外にない」

ループは、幕僚たちに作戦方針を説明している。

軽巡が囮となって戦艦、重巡を引きつけ、駆逐艦八隻を突入させるのだ。

艦体が小さく、足が速い駆逐艦なら、闇に紛れて突入できる可能性がある。

手持ちの戦力で、戦艦二隻を擁する日本艦隊に立ち向かうには、他に方法がなかった。

「レーダーに反応。方位一五度、一万七〇〇〇ヤード！」

時計の針が〇時を回った直後、レーダーマンから報告が上げられた。

今年装備されたSG対水上レーダーが、日本艦隊を捉えたのだ。

「全艦、主砲左砲戦」

「サンティアゴ島を背にして進め」

ループは、二つの命令を下した。

陸地を背にすることで、影の中に隠れるのだ。

マニラ湾口海戦では、戦艦「インディアナ」がこの手を用い、日本艦隊を一時的に後退させたとの情報もある。

ただし、この日の月齢は一四。夜空からは、煌々たる満月の光が海面に降り注いでいる。

この気象条件で、島影に隠れる戦術がどこまで有効かは分からなかった。

「面舵五度」

「面舵五度！」

「ヘレナ」艦長ギルバート・C・フーバー大佐が命じ、航海長ジェラルド・ローリングス中佐が操舵室に指示を送る。

「ヘレナ」が艦首を僅かに右へと振り、レーダーマンが「『ボイス』『フィラデルフィア』面舵」と、僚艦の動きを報せて来る。

「敵艦、接近します。方位一〇度、距離一万四〇〇〇ヤード」

「艦長より砲術、敵艦は視認できるか？」

レーダーマンの新たな報告を受け、フーバーが砲術長ロバート・ヘイズ中佐に聞いた。

本国ではレーダー照準射撃の開発が進められているが、まだ実用段階には達していない。

レーダーの用途は目標の発見だけであり、砲撃は従来の光学照準に頼っている。

「視認できません」

「了解した」

ヘイズの答えに、フーバーはごく短く返答する。

「ヘレナ」の前甲板では、三基の一五・二センチ三連装砲塔が左舷側に向けられ、九門の砲身に仰角がかけられている。

一発当たりの破壊力では、戦艦の三五・六センチ主砲、重巡の二〇・三センチ主砲に及ばないが、発射間隔は六秒という速射性能を誇る。

夜間の近距離砲戦では、速射性能がものを言う。

「ヘレナ」以下の一一隻は、サンティアゴ島の北岸に沿って前進して行く。

彼我共に、発砲はない。

満月の光があるとはいえ、互いに視界の範囲外だ。

「ヘレナ」のレーダーだけが、日本艦隊の動きを探知している。

「対空レーダーに反応。左七五度、高度三五〇〇フィート」

今度は、ＣＸＡＭ対空レーダーを担当するレーダーマンが報告を上げた。

「撃ちますか？」

「様子を見る。各艦にも、発砲を控えるよう伝えよ」

参謀長ロニー・ジェラルディン中佐の問いに、ループはかぶりを振った。

数分後、爆音が聞こえ始めた。

機数は一機だけのようだ。日本艦隊から放たれた観測機かもしれない。

爆音が、「ヘレナ」の頭上を左から右に通過する。

アメリカ海軍 CL-50 軽巡洋艦「ヘレナ」

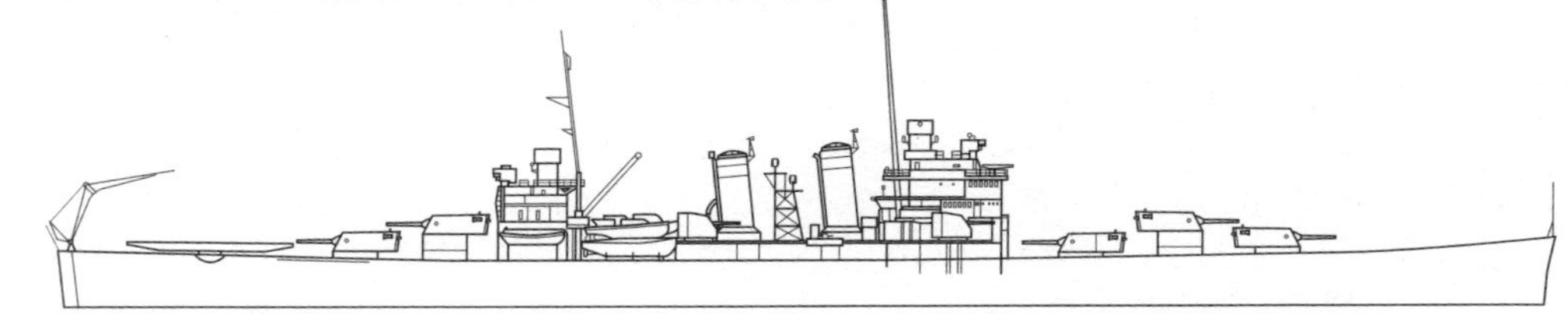

全長	185.5m
最大幅	18.8m
基準排水量	10,000トン
主機	蒸気タービン 4基／4軸
出力	100,000馬力
速力	33.0ノット
兵装	15.2cm 47口径 3連装砲 5基 15門 12.7cm 38口径 連装両用砲 4基 8門 20mm 単装機銃 12丁
乗員数	888名
同型艦	CL-49セントルイス

米国はニューヨーク海軍軍縮条約締結の段階で「ダニエルズ・プラン」に基づいた戦艦10隻、巡洋戦艦６隻からなる強大な艦隊をすでに完成させていた。一方で、この戦艦部隊の維持には莫大な費用が掛かることから、巡洋艦、駆逐艦など他の艦種に宛てられる予算は圧縮せざるを得なかった。

本艦はセントルイス級軽巡洋艦の２番艦で、日本の「最上型巡洋艦」に対抗すべく開発されたブルックリン級の準同型艦だが、いまだ本艦を含め、同型艦２艦のみの建造に留まっている。ブルックリン級は、被弾の際に弱点となる航空兵装を艦尾の集中防御区画外に配置するなど、徹底的に艦体防御を重視した設計で知られるが、本級もその設計を踏襲している。そのうえで機関の配置をシフト配置に変更し、より抗堪性を高めている。

対水上レーダー、対空レーダーも装備しており、警戒監視から対空防衛まで、あらゆる任務を担える万能艦と言われている。

一旦遠ざかったかと思うと、また戻って来る。

ＴＦ14の所在を疑い、位置を突き止めようとしているようだ。

「敵機の高度下がります。現在、三〇〇〇フィート！」

レーダーマンが緊張した声で報告したとき、他艦が行動を起こした。

後部から砲声が届き、後部見張員の「『ボイス』発砲！」の報告が、それに続いた。

「ボイス」の発砲は、一発だけに留まらない。砲声は、二度、三度と連続する。

右舷側――サンティアゴ島の上空に、一二・七センチ両用砲弾の爆発光が見える。

やがて、一際大きな爆発光が閃き、爆炎が周囲の闇を吹き払った。

炎の塊が地上に落下し、周囲が赤々と染まる。

「ボイス」が撃墜した敵機の火災炎だ。

ループは、左舷側に視線を転じた。

日本艦隊も、ＴＦ14が島影に隠れていることは察知したはずだ。今にも、戦艦、重巡の主砲が火を噴くかもしれない。

「新たな敵機が接近。左四〇度、及び一五〇度。高度三五〇〇フィート！」

「敵艦接近。距離一万一〇〇〇ヤード！」

二つの報告が続けざまに飛び込んでから一〇秒ほどが経過したとき、敵機の爆音が迫った。

「ヘレナ」の頭上を右方に抜けた直後、右舷上空の二箇所に青白い光源が出現した。

敵機が、吊光弾を投下したのだ。

おぼろげな光は、「ヘレナ」の右舷側から差し込んでいる。敵艦隊には、「ヘレナ」の艦影が、影絵のように浮かび上がって見えるはずだ。

左舷側海面に発射炎が閃き、敵の艦影が瞬間的に浮かび上がった。

「砲術より艦橋。敵は戦艦二！　金剛型！」

ヘイズ砲術長の叫び声に、敵弾の飛翔音が重なる。

「第一〇四、一〇五駆逐隊、突撃せよ！」

「目標、左舷正横の敵戦艦。第五巡洋艦戦隊、星弾撃て！」

ループは、二つの命令を続けざまに発した。

「ヘレナ」の左舷側に発射炎が閃き、砲声が甲板上を駆け抜けた。

各砲塔一門ずつ、合計五門の一五・二センチ主砲が、星弾を放ったのだ。

直後、敵弾が轟音と共に飛来した。

飛翔音が「ヘレナ」の頭上を通過し、右舷側の海面に巨大な水柱が奔騰すると共に、敵弾炸裂の爆炎が湧き出した。

敵戦艦の射弾のうち、一発がサンティアゴ島の海岸に、他は「ヘレナ」の右舷側海面に、それぞれ落下したのだ。

「『ボイス』の右舷側に弾着！」

「DDG104、105、突撃します！」

後部見張員とレーダーマンの報告が、前後して届いた。

数秒後、左舷側の空に橙色の光源が多数出現し、おぼろげな光が敵の艦影を浮かび上がらせた。

双眼鏡だけでは、艦型の識別は難しいが、中央に塔のような艦橋がそそり立つ様が見て取れる。

仏塔を想起させるため、合衆国海軍では「パゴダ・マスト」と呼ばれる、日本戦艦に特有の艦橋だ。

先にヘイズが報告した、コンゴウ・タイプに間違いなかった。

コンゴウ・タイプの艦上に、新たな発射炎が閃いた。星弾のそれとは比較にならない、強烈な閃光だ。

ループも、大音声で下令した。

「目標、左舷側の敵戦艦。CD5、砲撃始め！」

3

「五戦隊より入電。『敵駆逐艦、貴方ニ向カフ。〇一二六（現地時間〇時二六分）』」

「読み通りだな」

中島親孝通信参謀の報告を受け、近藤信竹第二艦隊司令長官は白石万隆参謀長と頷き合った。

「敵の狙いは、第二五軍のルソン上陸阻止にある。そのためには、足が速く、闇に紛れて行動しやすい駆逐艦を、船団に突っ込ませて来る可能性が高い」

近藤はそのように判断し、自身の直率戦隊である第四戦隊の「鳥海」「摩耶」、第四水雷戦隊の軽巡「那珂」、駆逐艦一二隻を、輸送船団の近くで待機させたのだ。

湾口付近では、閃光が繰り返し明滅し、「鳥海」の艦上に砲声が伝わって来る。

三戦隊の「金剛」「榛名」、五戦隊の「羽黒」「足柄」が、敵巡洋艦と砲火を交わしているのだろう。

「砲術より艦橋。敵駆逐艦、本艦の右六〇度、距離一〇〇（一万メートル）！」

艦橋トップの射撃指揮所から、報告が上げられる。月齢一四の月明かりの下とあって、距離一万で目標を視認したようだ。

「長官、砲戦距離の御指示願います」

白石の求めに、近藤は即答せず、「鳥海」艦長渡辺清七大佐の意見を求めた。

「艦長、どれぐらいで行ける？」

「本艦と『摩耶』であれば、八〇（八〇〇〇メートル）でやれると思います」

「よし、四戦隊は砲戦距離八〇。四水戦は六〇」

近藤は断を下した。

引きつけてから一斉に砲撃を浴びせた方が、より多くの敵駆逐艦を撃沈できるが、距離を詰められれば、雷撃を受ける恐れがある。

「鳥海」「摩耶」は、先行して砲撃すると決めた。

「鳥海」の通信室から、「四戦隊、砲戦距離八〇。四水戦、砲戦距離六〇」の命令電が飛ぶ。

「鳥海」の前甲板では、二〇・三センチ連装砲塔三基が右舷側に向けられ、六門の砲身が仰角をかけている。

後続する「摩耶」や、四水戦の各艦も同じだ。

「敵距離八〇(ハチマル)！」

「四戦隊、砲撃始め！」

報告が入るや、近藤は大声で下令した。

既に照準を合わせていたのだろう、ほとんど間を置かずに、「鳥海」の右舷側に真っ赤な火焔(かえん)がほとばしり、砲声が夜気(やき)を震(ふる)わせた。

発射の反動は、艦橋にも伝わって来る。下腹(したはら)を突き上げられるような衝撃だ。

後方からも砲声が伝わり、

「『摩耶』撃ち方始めました！」

後部見張員が、僚艦の動きを報告する。

「鳥海」「摩耶」共に、各砲塔一門ずつの交互撃ち方だ。二艦合計一〇発の二〇・三センチ砲弾が敵駆逐艦へと飛翔する。

初弾命中を期待するが、直撃弾の爆炎はない。

敵駆逐艦も「鳥海」「摩耶」の発射炎を認めたであろうが、依然(いぜん)突撃を続けている。

「鳥海」「摩耶」が第二射を放つ。

この日二度目の砲声が轟(とどろ)く。各砲塔の二番砲から、二艦合計一〇発の射弾が飛ぶが、全て闇の中に吸い込まれるように消えただけだ。

「長官、照射(しょうしゃ)射撃を使います」

「よかろう」

渡辺の具申(ぐしん)を受け、近藤は即答した。

探照灯(たんしょうとう)を照射すれば、命中率が上がる反面、その艦は敵の集中砲火を浴びる危険がある。

だが、敵は小口径砲しか持たない駆逐艦だ。「鳥海」が致命傷を受ける恐れは少ない。

「目標、右六〇度の敵艦。照射始め！」

渡辺が、大音声で下令した。

艦橋の後方から、九六式一一〇センチ探照灯の白い光が闇を貫(つらぬ)いた。「鳥海」と敵艦の間に、白い光の橋が渡されたかのようだった。

数秒後、「鳥海」が第三射を放ち、「摩耶」も続いた。

二艦合計一〇発の二〇・三センチ砲弾が飛び、探照灯の光芒の中に、奔騰する水柱が浮かび上がった。

水柱が崩れたとき、敵艦が湧き立つ黒煙に包まれている様が見えた。

「よし！」

近藤は、右手の拳を打ち振った。

「鳥海」と「摩耶」のどちらか、あるいはその両方が直撃弾を得たのかどうかは不明だが、第四戦隊は探照灯の点灯後、最初の砲撃で直撃弾を得たのだ。

探照灯が旋回し、新たな目標が光の中に浮かび上がる。

「鳥海」が新目標への第一射を放ち、「摩耶」も続く。

「鳥海」の周囲にも、敵弾落下の飛沫が噴き上がり始めた。

敵駆逐艦が探照灯の光源を目標に、砲撃を開始したのだ。

早くも、一発が命中したらしい。艦の後部から、炸裂音と衝撃が伝わって来る。

新目標――敵二番艦の周囲に弾着の水柱が噴き上がった直後、「鳥海」の後方から、太鼓を乱打するような砲声が届いた。

「『那珂』撃ち方始めました。続いて駆逐艦、撃ち方始めました！」

後部見張員が、状況を報告する。

四水戦司令官の西村祥治少将は、敵との距離が六〇〇〇メートルまで詰まったと判断し、砲撃に踏み切ったのだ。

「敵二番艦、火災！　速力低下！」

「照射目標を三番艦に変更！」

砲術長外山稔中佐の報告を受け、渡辺が下令する。

「鳥海」の探照灯が、新目標を照らし出す。

この直前まで、照射していた敵二番艦は、炎を背負ったような有様になり、海上に姿を浮かび上がらせている。

敵三番艦の周囲に、多数の飛沫が上がる。

「那珂」と二二隻の駆逐艦が、砲火を集中しているのだ。

艦上にも、続けざまに直撃弾の爆煙が上がる。白い光芒の中、黒い塵状の破片が飛び散り、艦が黒煙に包まれてゆく。

「観測機より受信。『敵艦隊反転セリ』！」

今度は、通信室に詰めている中島親孝通信参謀が報告した。

「艦長、逃がすな！」

「照射目標、敵四番艦！」

近藤のけしかけるような命令を受け、渡辺が下令した。

白く太い光の柱が闇を切り裂くように動く。

その先端に、敵の艦影が浮かび上がる。報告された通り、第二艦隊に背を向けつつある。

「鳥海」の主砲が新たな咆哮を上げ、「摩耶」の主砲も火を噴く。

「那珂」と二二隻の駆逐艦も、敵四番艦に射弾を集中する。

大小の砲弾を次々と浴び、敵四番艦は瞬く間に沈黙し、艦全体が黒煙に包まれた。速力はみるみる衰え、行き足が止まった。

防御力の弱い駆逐艦が、一五隻もの艦から集中砲火を浴びたのだ。ひとたまりもなかったであろう。

「長官、各艦に面舵を命じて下さい。雷撃の可能性があります！」

白石が叫び声を上げた。

米駆逐艦の動きは、一見突入を断念し、避退したように見えるが、回頭と同時に魚雷を発射した可能性を疑ったのだ。

「二艦隊、右一斉回頭。針路三四五度！」

「航海、面舵一杯。針路三四五度！」

近藤が咄嗟に下令し、渡辺が航海長茂木四朗中佐に命じた。

「面舵一杯。針路三四五度！」

茂木が操舵室に指示を送るが、「鳥海」は後続艦の「摩耶」と共に、しばし直進を続ける。

四水戦の各艦が一足先に面舵を切り、「鳥海」も続く。

全長二〇三・八メートル、全幅二〇・七メートル、基準排水量一万三四〇〇トンの巨体が、夜の海面に円弧を描き、右へ右へと回ってゆく。

魚雷に艦首を正対させ、雷撃回避の態勢を取った各艦だが、「雷跡！」の報告はない。

一分、二分と時間が経過する。

やがて――。

「長官、雷撃回避に成功したものと判断します」

白石の言葉に、近藤は「うむ」とのみ返答した。

四戦隊と四水戦は、突入して来た敵駆逐艦から船団を守ったのだ。

砲撃戦で、敵駆逐艦も四隻を撃沈した。

日本側の完勝と言える。

「三、五戦隊はどうだ？」

近藤はそう呟き、湾口に視線を向けた。

4

敵巡洋艦の第一射弾は、全弾が「金剛」の右舷側海面に落下した。

「軽巡だな」

星弾の光が照らし出した水柱を見て、「金剛」艦長小柳富次大佐は敵の艦種を見抜いた。

水柱の数は多いが、太さ、高さはさほどでもない。頂は、「金剛」の上甲板に届くかどうかといったところだ。

おそらくブルックリン級――米国が、日本海軍の最上型に対抗して建造した、大型軽巡であろう。

海面の狂騒が収まらぬうちに、敵二番艦の射弾が落下する。

再び多数の水柱が奔騰し、海面が激しく沸き返る。

「『榛名』の右舷側に弾着！」

との報告が、後部見張員より上げられる。

敵は一、二番艦が「金剛」を、三番艦が「榛名」を、それぞれ目標としているようだ。

「金剛」「榛名」は、第三射弾を放つ。

各砲塔一門ずつ、二艦合計八門の三五・六センチ砲が、時間差を置いて発砲し、八発の巨弾を敵巡洋艦に発射する。

主砲発射の余韻が収まったところで、

「『羽黒』『足柄』撃ち方始めました！」

後部見張員が、歓声混じりの報告を上げた。

その声に、二〇・三センチ砲の砲声が重なった。

艦数は四対三。日本側は戦艦、重巡であるのに対し、米側は一五・二センチ砲装備の軽巡だ。

火力の差に物を言わせ、ねじ伏せることができるはずだ。

「用意、だんちゃーく！」

艦長付の尾形健治一等水兵が叫び声を上げる。

小柳は右舷側を注視するが、敵巡洋艦の隊列に爆炎が躍る様子はない。

入れ替わるように、敵弾の飛翔音が轟く。

敵一番艦の射弾は「金剛」の頭上を飛び越して左舷側海面に落下し、二番艦の射弾は「金剛」の後方に着弾する。

弾着位置は、これまでよりも近い。敵も、射撃精度を上げている。

「金剛」「榛名」が第四射弾を放ち、敵巡洋艦三隻が第三射弾を放った。

発射炎の中に瞬間的に艦影が浮かび上がり、戦艦の大口径弾と巡洋艦の中口径弾が、各々の目標目がけて殺到する。

「金剛」「榛名」の射弾はまたも外れたが、敵一番艦の射弾は「金剛」を包むように落下し、左右両舷に多数の水柱を噴き上げた。

右舷後部に一発が命中したらしく、被弾の衝撃と炸裂音が伝わった。

続いて敵二番艦の射弾が「金剛」の前方にまとまって落下し、艦首甲板に直撃弾の爆炎が躍った。

「砲術より艦長。三番高角砲損傷！」

砲術長浮田信家中佐から報告が届き、小柳は「了解」とのみ返答する。

高角砲一基と艦首甲板がやられた程度なら、当面の砲戦に影響はない。

先に被弾したのは計算外だが、「金剛」の主砲弾が一発でも命中すれば逆転できる。

「金剛」「榛名」が第五射を放った直後、敵巡洋艦の艦上に第四射の発射炎が閃いた。

一、二番艦は、第四射に留まらない。

六秒後に第五射、一二秒後に第六射、一八秒後に第七射と、斉射が連続する。

発射の度に閃光が走り、敵の艦影が瞬間的に浮かび上がる。あたかも、巨大な目が瞬きを繰り返しているようだ。

敵弾が唸りを上げ、「金剛」の頭上から殺到した。

一五発の一五・二センチ砲弾が、艦の周囲に多数の水柱を噴き上げ、各所から炸裂音と被弾の衝撃が伝わった。

中央部から後ろへの直撃弾は、直接視認できないが、前甲板や第一、第二砲塔への命中弾は、はっきりそれと分かる。

主砲塔の正面装甲は敵弾の貫通を許さないが、艦首への命中弾は板材を引きちぎり、揚錨機を爆砕し、兵員居住区に飛び込んで炸裂する。

爆炎と共に破壊された板材が飛び散り、切断された鎖が吹き飛ぶ。艦首甲板に穿たれた破孔からは、黒煙が噴出し始める。

艦の後部にも複数の敵弾が命中しているが、被害状況報告は上がって来ない。

短時間のうちに、多数の敵弾が命中しているため、応急指揮官の副長も、被害の全容を把握しきれないのかもしれない。

敵弾を繰り返し受けながらも、「金剛」は第六射を放った。

次々と飛来する敵弾を撥ね返そうとするように、

各砲塔の二番砲から火焔がほとばしり、轟然たる砲声が、周囲の大気を震わせた。

後方から、「榛名」「羽黒」「足柄」の砲声も届く。四発の三五・六センチ砲弾と一〇発の二〇・三センチ砲弾が、敵艦目がけて飛翔する。

その間にも、敵一、二番艦の斉射弾は、繰り返し「金剛」を襲う。

斉射の度、一発か二発の一五・二センチ砲弾が命中し、「金剛」の各所から炸裂音が伝わる。

「これではなぶりものだ……!」

小柳は呻き声を漏らした。

一発当たりの破壊力は、さほど大きなものではないが、五発、一〇発と命中すれば、被弾に弱い上部構造物は破壊され、艦首、艦尾の非装甲部は貫通される。

あたかも、狼の群れに襲われた羆が両腕を振り回して応戦しているようだ。

羆の一撃は、狼の背骨や首の骨を一撃で叩き折る力を持つが、素早い狼は、容易には羆の腕に捉えられない。

逆に、鋭い牙が羆の肉体を次々と食いちぎり、体力を低下させてゆく。

「砲術、まだ命中弾は得られぬか⁉」

小柳は怒鳴り込むようにして、射撃指揮所の浮田砲術長に聞くが、その声も敵弾の飛翔音、至近弾落下の水音、直撃弾の炸裂音にかき消される。

浮田からの返答に代わる形で、「金剛」の主砲が第七射を放つ。

砲声の音量や発射の反動に変化はない。まだ、射撃不能になった主砲塔はないようだ。

弾着を待つ間にも、敵弾は繰り返し飛来する。「金剛」の左右両舷に多数の水柱が噴き上がり、上部構造物は一寸刻みに破壊される。

被害状況報告は、未だに届かない。

艦橋と主砲塔以外は、全て破壊し尽くされているのではないか、とさえ思える。

「まさか……いや、あり得ない」

その言葉が、小柳の口を衝いて出た。

「金剛」は大正二年竣工、艦齢二八年に達する老齢艦だが、あくまで戦艦だ。二度に亘る近代化改装を受け、装備も一新している。

しかも九日前には、僚艦と協同で、米軍最強のサウス・ダコタ級戦艦一隻を撃沈しているのだ。

その「金剛」が、一五・二センチ砲装備の軽巡などに撃ち負けていいはずがない。

（あってはならぬことだ。そのようなことになれば、帝国海軍の恥をさらすようなものだ）

考えたところで、状況は好転しない。

「金剛」の主砲は命中弾を得られず、敵軽巡の一五・二センチ砲弾は、「金剛」の艦体を抉り、上部構造物を破壊し続けている。

不意に、敵の猛射が弱まった。

顔を上げた小柳の耳に「命中！」の報告が届いた。

「『榛名』です。『榛名』が敵二番艦に命中弾を得ました！」

航海長田ヶ原義太郎中佐が報告した。

小柳は、敵の隊列に双眼鏡を向けた。

燃えさかる火災炎が、小柳の目を射た。

炎は、前後に位置する艦をも浮かび上がらせている。田ヶ原が報告した通り、「榛名」の三五・六センチ砲弾が、敵二番艦に命中したのだ。

その艦上に、発射炎が閃く様子はない。

「榛名」の巨弾は、一撃で敵軽巡を戦闘不能に陥らせたのかもしれない。

本艦の砲撃はどうだ——そう思い、敵一番艦にも双眼鏡を向けたが、こちらは火災を起こしている様子はない。「金剛」の第七射弾は、またも海面を叩いただけに終わったのだ。

敵弾の飛来が止んでいることに、小柳は気づいた。

被弾し、火災を起こしている敵二番艦だけではなく、一、三番艦も沈黙している。

「砲術より艦長。敵艦隊、右一斉回頭！」

「逃げるつもりか！」

小柳は敵の意図を悟った。

「金剛」は多数の一五・二センチ砲弾を受けたが、主砲も、射撃指揮所も健在だ。

一方敵艦隊は二番艦が戦闘不能となった。

戦闘は四対三から四対二となっている。

敵の指揮官は、この戦力差があっては勝てぬと判断し、引き上げを命じたのだ。

「逃がすな、撃て！」

小柳が命じるや、「金剛」が通算八度目の射弾を放つ。「榛名」の主砲も咆哮する。

第五戦隊の「羽黒」「足柄」も、敵三番艦を目標に、二〇・三センチ砲弾を発射する。

既に火災を起こしている敵二番艦の艦上に、新たな爆炎が躍った。

炎は急速に膨れ上がり、二隻の僚艦のみならず、背後にあるサンティアゴ島の姿をも照らし出した。

火焔が弾け、無数の火の粉に変わって、八方に飛び散る。

二十数秒の時を経て、おどろおどろしい炸裂音が「金剛」の艦上に伝わる。

敵二番艦の姿は、どこにもない。敵一番艦と共に、「金剛」に連続斉射を浴びせ、数え切れないほどの一五・二センチ砲弾を命中させた軽巡は、炎と黒煙の中に消えている。

主砲弾火薬庫が誘爆を起こし、艦を内側から破壊したのだろう。敵二番艦は、もはや原形を留めていないと思われた。

三、五戦隊の四隻は、砲撃を続ける。

三五・六センチ砲弾、二〇・三センチ砲弾が、回頭中の敵一、三番艦の周囲に水柱を噴き上げる。

敵一、三番艦も撃ち返す。

艦上に発射炎が閃き、多数の一五・二センチ砲弾が大気を震わせて飛来する。

彼我共に、命中弾はない。

射弾は海面を叩き、海水を空中高く噴き上げるだけだ。

「五戦隊司令部より入電。『三、五戦隊、右一斉回頭』」

「面舵一杯。針路二七〇度！」

「砲術、主砲左砲戦。直進に戻り次第、砲撃始め！」

通信室から上げられた報告を受け、小柳は田ヶ原と浮田に命じた。

「面舵一杯。針路二七〇度。宜候！」

田ヶ原が復唱を返し、操舵室に命じる。

舵の利きを待つ間、「金剛」はなおも砲撃を続ける。

主砲発射に伴う反動が「金剛」の巨体を震わせ、リンガエン湾の湾口に咆哮が轟く。

艦がきしむような音も、聞こえたような気がする。

一五・二センチ砲弾にさんざん痛めつけられた艦体が、苦悶しているように感じられた。

ほどなく舵が利き始め、「金剛」が艦首を右に振った。

艦の動きとは逆に、主砲塔は左舷側に旋回する。

回頭に伴い、これまで後方にいた僚艦「榛名」、第五戦隊の「羽黒」「足柄」が視界に入って来る。

「両舷前進全速！」

艦が直進に戻ると同時に、小柳は下令した。

「金剛」は多数の一五・二センチ砲弾を受けたが、缶室や機械室の被害は報告されていない。

主要防御区画の装甲鈑は、艦の心臓部を敵弾から守り通したのだ。

「両舷前進全速。宜候！」

機関長浅山敏夫中佐が復唱を返し、機関の鼓動が高まる。

一斉回頭によって、隊列の最後尾に占位したが、乗員の闘志は旺盛だ。

間もなく三五・六センチ砲が砲撃を再開する。

何度も空振りを繰り返した「金剛」の主砲が、今度こそ敵巡洋艦を叩きのめすことを、小柳は信じていたが――。

「司令部より入電。『砲撃止メ。敵ハ退去セリ。追撃ノ要無シト認ム。〇一四九(マルヒトヨンキュウ)』」

「何だと⁉」

通信室から上げられた報告を受け、小柳は反射的に聞き返した。

艦隊司令部は、戦闘中止を命じたのだ。

今少しで、残る二隻の敵巡洋艦に止(とど)めを刺せるはずだったが——。

「間違いないのか？」

「間違いありません。『鳥海』の二艦隊司令部からの命令電です」

小柳の問いに、通信長中山一俊(なかやまかずとし)少佐は答えた。

敵駆逐艦が船団攻撃を断念して避退に移り、敵巡洋艦二隻も撤退したのだ。

作戦目的を達成すれば充分と、近藤長官は判断したのだろう。

「両舷前進中速」

「主砲、砲撃中止」

なんてこった——そう思いながら、小柳は二つの命令を下した。

「金剛」が速力を落とし、主砲の仰角が下げられる。

二隻の敵軽巡は、既に肉眼では見えなくなっている。闇の中に、逃げ込んでしまったのだろう。

「……敗北だ」

限りなく苦い思いを込めた小柳の呟きに、田ヶ原が怪訝(けげん)そうな顔を向けた。

「船団護衛の目的は、達せられたと考えますが」

「本艦に限っては負けだ。軽巡の中口径砲に打ちのめされ、一発の命中弾も得られなかった。作戦目的が達成されたからといって、喜ぶ気にはなれぬ」

今回の「金剛」の戦いっぷりは、お世辞(せじ)にも褒(ほ)められたものではない。

軽巡相手の撃ち合いで、危うく敗北しそうになったのだ。

沈没は免(まぬか)れたものの、幸運を喜ぶ気にはとてもなれなかった。

「『羽黒』より命令。『針路九〇度、我ニ続ケ』」

「航海、針路九〇度。五戦隊に続け」

中山通信長の報告を受け、小柳は田ヶ原に命じた。

敵艦隊は退却したが、第二艦隊の任務が終わったわけではない。

第二五軍が揚陸を終え、船団がリンガエン湾から離れるまでは、現海域に留まる必要があるのだ。

小柳は、三、五戦隊の唯一の戦果である敵二番艦を、今一度見ようとした。

敵艦は既に沈んだのか、海面には、炎も黒煙も見えなくなっていた。

5

その空母は、広島県呉の柱島泊地に係留されていた。

ルソン沖海戦で米軍と一戦を交えた「飛龍」や「雲龍」に似た艦形を持つが、全長、全幅は、帝国海軍で最も大きい加賀型空母と比較しても、遜色ない。

全幅は加賀型よりやや小さいものの、全長では上回る。

鈍重そうなところはなく、研ぎ上げられた刀のような鋭さがある。

今年の九月二五日、川崎重工の艦船工場で竣工し、呉鎮守府の所属艦となった「瑞鶴」。

帝国海軍の最も新しい空母が、山本五十六司令長官以下、連合艦隊司令部幕僚の前に、その勇姿を見せていた。

「五航戦が機動部隊に加われば、大幅な戦力増になります」

首席参謀黒島亀人大佐が、相好を崩して言った。

五航戦とは、「瑞鶴」と一足早く竣工した姉妹艦の「翔鶴」で編成される第五航空戦隊の略称だ。

翔鶴型空母の艦上機は、常用七二機、補用一二機。加賀型の搭載機数が常用七二機、補用一八機だから、加賀型とほぼ同等の機数を運用できる。

そのような空母二隻が加われば、機動部隊の航空兵力は四割増しとなる。

第三艦隊の戦力では、「航空兵力のみによる戦艦の撃沈」は実現できなかったが、五航戦が加われば、アジア艦隊のみならず、トラックまで前進して来た米太平洋艦隊をも圧倒できる――黒島は、そんな展望を抱いているようだった。

「これは軍令部とも協議が必要だが、私は五航戦を中心に、機動部隊をもう一隊編成したいと考えている。今、作戦参謀と航空参謀に試案を作らせているところだ」

山本はニヤリと笑い、作戦参謀三和義勇中佐と航空参謀榊久平中佐に視線を向けた。

翔鶴型空母は、「翔鶴」「瑞鶴」の二隻だけではない。

現在、三番艦の「紅鶴」が呉海軍工廠で、四番艦の「雄鶴」が三菱長崎造船所で、それぞれ建造中だ。

「紅鶴」は一一月末に、「雄鶴」は来年一月に、それぞれ竣工する。

客船からの改装艦ながら、「蒼龍」に準じる性能を持つ空母二隻も、来年早々に完成する。

五航戦と新造の空母四隻を合わせれば、機動部隊を二隊編成できるはずだ、と山本は構想を語った。

「機動部隊を複数編成するのは、空母の運用上の都合を考えてのことでもあります」

榊は言った。

「三艦隊の戦闘詳報にありましたが、空母の数が多くなりますと、命令が行き届き難くなるという問題が生じます。特に無線封止中は、命令を信号で伝達しなければならないため、旗艦から遠方にある艦には、命令が伝わり難いとのことです。空母は一艦隊につき四隻程度、最大でも六隻を上限として欲しい、との希望が、機動部隊からも出されております」

「機動部隊を複数編成すれば、作戦に柔軟性が生まれる。一隊が前線で戦っているとき、もう一隊は後方で戦力の再編や訓練を行えるし、複数の機動部隊の投入による戦力の集中もできる。そういった効果を、私は考えているのだ」

山本が語った構想に、参謀長大西滝治郎少将が問題を提起した。

「空母はいいとしまして、護衛艦艇が足りるでしょうか？」

「作戦参謀と航空参謀が作成中の試案には、その問題も織り込むよう命じている」

山本は微笑し、大西に答えた。

山本自身が、新しい機動部隊の編成案を楽しみにしている様子だった。

「第二の機動部隊については改めて話すとして、フィリピンの戦況に移るとしよう」

山本は議題を変えた。

黒島がその言葉を待っていたかのように、起立した。

机上には、ルソン島の地図と、フィリピン全域を網羅した広域図が広げられている。

前者は、行政の中心であるマニラを含め、大部分が日本軍の占領下に入っていることが示されている。

米軍が押さえているのは、マニラ湾口を扼する位置にあるバターン半島とコレヒドール島だけだ。

「一一月二日から三日にかけて行われたサンティアゴ島沖海戦（大本営の公称）において、第二艦隊は襲撃して来た米艦隊を撃退し、第二五軍と輸送船団を守り通しました。マニラ市長は無防備都市を宣言したため、第二五軍は一一月一二日にマニラを無血で占領しています」

黒島は事実を確認するように、ゆっくりとした口調で言った。

幕僚たちは、無言で聞いていた。

「この間、米アジア艦隊は動きを起こしていません。サンティアゴ島沖海戦で二艦隊と交戦した後は、行方をくらましています。第二艦隊は、米アジア艦隊の残存艦艇を捜していますが、現在はまだ発見されていません」

「台湾の一一航艦を、ルソン島に前進させればよいのではないか？」

大西の問いに、黒島は答えた。

「バターン半島、コレヒドール島に米軍が立てこもっているため、マニラ湾を使用できません。マニラ湾に入泊できなければ、飛行場の設営や補給物資の搬入に支障を来します」

「米軍がマニラを放棄したのは、それが狙いか」

山本が言った。

フィリピンの行政の中心地であるマニラを放棄すれば、一見フィリピン全土が陥落したように見える。

だが、ルソン島の戦略的な価値は、マニラ湾と港湾施設にあるのだ。それを使用できなければ、ルソン島の価値は下落する。

第二五軍は、米極東陸軍を狭い地域に押し込めはしたが、実際には、米軍はマニラ湾を封鎖する態勢を取ったのだ。

「第二五軍は、何と言っている？」

「兵力をバターン半島の北部に集結させ、一月二七日を期して総攻撃にかかるとのことです」

山本の問いに、黒島は答えた。

「艦砲で、海上からバターン、コレヒドールを叩いてはいかがでしょうか？『金剛』は修理のため、内地に回航されましたが、『榛名』は健在です。三艦隊の『霧島』『比叡』を、砲撃に参加させるという選択肢もあります」

戦務参謀渡辺安次中佐の発言に、黒島が反対意見を唱えた。

「高速戦艦は、機動部隊用の護衛艦として貴重な存在だ。陸上砲台との撃ち合いで、傷つける危険を冒したくない」

山本も、黒島に賛成した。

「山下さん（山下奉文中将。第二五軍司令官）は、陸軍でも名将の誉れ高い指揮官だ。その山下さんが、総攻撃でバターンを陥とせると判断した以上、GFが乗り出すこともあるまい」

「問題は、米アジア艦隊の存在です。ルソン沖海戦の結果、大幅に弱体化したといっても、敵には戦艦三隻と、巡洋艦、駆逐艦といった高速艦艇が残っています。これらを見つけ出して叩かぬ限り、南方資源地帯からの物資輸送はできません」

大西が、注意を喚起するように言った。

ルソン沖海戦の勝利で、南シナ海の制海権は日本軍が奪取したと判断できるが、日本本土と南方資源地帯を結ぶ航路は、未だに再開されていない。

日本は、大事を取って商用航路の再開を見合わせており、南方資源地帯を領有する英仏蘭の三国からは、

「南シナ海が安全になったと判断した時点で、貴国との商取引を再開する」

と、日本政府に伝えて来ている。

戦略物資の輸入を第一に考えるなら、米アジア艦隊の発見と撃滅は、最優先だ。

「パラオを拠点に、米アジア艦隊の所在を探ってはいかがでしょうか？」

榊が発言し、広域図に指示棒を伸ばした。

フィリピンの中央部から南部——サマール島、レイテ島、ミンダナオ島といった島々の上をなぞる。

「米アジア艦隊は、フィリピン中央部以南に身を潜めていると考えられますが、これらの地域は、パラオから八五〇浬の範囲内にあります。一式陸攻や九七大艇であれば、索敵が可能です」

パラオ諸島は、トラック環礁の陥落後、同地より撤退した第四艦隊が司令部を置いている。

これまで四艦隊は、トラック方面の偵察に専心し、米太平洋艦隊の動静を探っていたが、並行して、フィリピンに隠れ潜む米アジア艦隊の所在を探ることも可能だ。

「いいだろう。四艦隊に中・南部フィリピンの索敵を命じよう」

山本が頷き、通信参謀の和田雄四郎中佐に打電を命じた。

和田が退出すると、山本の目が、「内南洋要域図」と題された広域図に向けられた。

マーシャル、トラック、パラオ、マリアナの各諸島を含む、広大な海域の地図だ。

マーシャル、トラックは、開戦と同時に米軍の手に落ち、後者は米太平洋艦隊の前線基地に作り替えられつつある。

「後は、米太平洋艦隊をいつまで足止めできるか、だな」

第二章　トラックの甲標的

1

「指揮官機より入電。『目標上空ニ到達セリ。今ヨリ捜索ヲ開始ス』」

日本帝国海軍美幌航空隊で第三小隊長を務める畠中慎二中尉の耳に、主電信員岡田次郎二等飛行兵曹の報告が届いた。

指揮官機の誘導が正しければ、現在地はトラック環礁春島よりの方位八五度、三〇〇浬。

トラック環礁とマーシャル諸島クェゼリン環礁の中間よりもトラック寄りの海域だ。

その空を、轟々たる爆音が騒がせている。

涙滴を引き延ばしたような形状の胴体を持つ双発機——九六式陸上攻撃機が二七機だ。

制式採用は昭和一一年とやや古く、新鋭機の一式陸上攻撃機より性能面で劣るが、フィリピンでは既にルソン島の敵飛行場攻撃、ルソン沖海戦などで戦果を上げている。

「どれぐらいで見つかりますかね？」

「何とも言えんな」

副操縦員を務める守谷恒秀二等飛行兵曹の問いに、
畠中は肩を竦めて答えた。

美幌空は、同じ九六陸攻の装備部隊である元山航空隊、艦上戦闘機と陸上偵察機で編成された山田部隊と共に、第一一航空艦隊隷下の第二二航空戦隊に所属し、マリアナ諸島のサイパン島に展開している。

開戦直後、二二航戦は、テニアン島に展開する第二五航空戦隊と共に米国領グアム島の敵飛行場を攻撃した。

グアムには、まだ米軍の大規模な航空部隊は進出しておらず、二二、二五航戦は、同島の飛行場を徹底的に破壊し、マリアナ諸島の制空権を奪取した。

その後は、グアム島の攻略支援に当たる予定になっていたが、二二航戦の上位部隊である第一一航空艦隊司令部は、任務をトラックに向かう輸送船団の攻撃に変更する旨を伝えて来た。

　米軍はトラック占領後、同地を米太平洋艦隊の前線基地とすべく、飛行場、港湾設備といった基地施設の建設を進めると共に、燃料、弾薬等、補給物資の備蓄に努めている。

　船団を叩き、補給物資のトラック搬入を阻止することで、米太平洋艦隊を足止めするのだ。

　敵輸送船団への攻撃は、一〇月二八日より開始され、この日——一一月九日までに五回実施された。

　うち二回は船団を捕捉できなかったが、三回は成功した。

　戦果の合計は、輸送船の撃沈破一二隻、駆逐艦の撃沈破五隻と記録されている。

　船団の捕捉に成功すれば、一回の攻撃で輸送船四隻を撃沈ないし撃破できる計算だ。

　畠中は、前方に展開する各小隊を見つめた。

　美幌空の飛行隊長白井義視大尉の九六陸攻が、付いて来い、と呼びかけるようにバンクした。

　第一小隊が右に旋回し、第二小隊も続く。

「こっちも行くぞ」

　畠中はバンクして小隊の二、三番機に合図を送り、舵輪を右に回した。

　第三小隊の三機は、前を行く第一、第二小隊の六機に続いて、時計回りに旋回する。

「小隊長、二、三番機、本機に続行中」

　偵察員を務める井垣久一等飛行兵曹が、後続機の動きを報告する。

「二、三中隊の動きは？」

「一中隊に追随しています」

「了解した」

　畠中はそう返答し、視線を正面に向け直した。

　第一、第二小隊の動きに合わせて飛行しつつ、後続する二、三番機の誘導にも気を配る。

　予想されたことではあったが、目指す敵の船団は、すぐには見つからない。

　視界に入るものは、前後左右どこまでも続く広大な海原と、ところどころにかかるちぎれ雲だけだ。

「船団は、目標地点から五〇浬以内にいる」

畠中は、そのように当たりをつけている。

トラックに向かう輸送船団の捜索は、索敵機と潜水艦の二本立てだ。

サイパン島から、九七式大型飛行艇か一式陸攻が、トラックとマーシャルの中間海面に飛び、船団の捜索に当たる。

並行して、トラック環礁の東方海上に展開する潜水艦が、船団の捕捉に努める。

潜水艦の場合は、捕捉した船団をその場で攻撃することもある。

この日、船団を発見したのは、第四潜水戦隊隷下の呂号第三四潜水艦だ。

「敵輸送船団見ユ。位置、『春島』ヨリノ方位八五度、三〇〇浬。視界内ノ敵艦、輸送船八、駆逐艦三。〇七一七（現地時間九時一七分）」

との報告電を送って来たのだ。

美幌航空隊は直ちに出撃し、一一時五九分（現地時間一三時五九分）、呂三四が報告した地点に到達した。

呂三四が打電した時刻から、攻撃隊が目標地点に到達するまで四時間四二分。

船団の速力を一〇ノット程度としても、移動距離は五〇浬に満たない。

目標地点を中心に、半径五〇浬以内を捜索すれば、船団を発見できる計算になる。

気がかりなのは、残燃料と敵戦闘機の存在だ。

サイパンから目標地点までは、約七〇〇浬。

九六陸攻の航続距離は二三六七浬であるから、往復は充分可能だが、捜索に手間取れば、帰路の燃料はぎりぎりになる。

また、サイパン、パラオからの航空偵察により、トラックには既に米軍の戦闘機隊が進出していることが判明している。

春島からの距離三〇〇浬は、戦闘機には少し遠いが、艦上機のグラマンF4F〝ワイルドキャット〟であれば往復できない距離ではない。

最大時速三七三キロの九六陸攻では、F4Fに捕捉されたら、逃げ切ることは難しい。

攻撃を成功させるには、できる限り早く敵船団を発見する必要があった。

白井飛行隊長は、南北に往復しつつ、西へと向かっている。

ジグザグ状に飛ぶ格好だ。

後続する二六機も、白井機に倣い、南に、北にとこまめに針路を変えつつ、西方へと飛ぶ。

「井垣、航法は大丈夫か？」

九六陸攻を操りながら、畠中は聞いた。

あまり複雑な飛行経路を取ると、現在位置を見失う危険がある。

「大丈夫です。位置は把握しています」

「頼りにしてるぜ」

井垣の落ち着いた答を聞いて、畠中は言った。


船団の捜索は、なおも続く。

二七機の九六陸攻は、海面をくまなくなめ回すようにして、時速二八〇キロの巡航速度で飛行する。

一五分ほどが経過したとき、

「小隊長、右正横に船影！」

井垣が叫んだ。

畠中は右方を見、多数の船影を確認した。

一つ一つは爪の先ほどの大きさにしか見えないが、整然とした隊列を組んでいる様がはっきり分かる。

「指揮官機より入電。『敵発見。突撃隊形作レ』」

岡田も報告を上げた。

白井機が右に旋回し、船団に機首を向ける。

一小隊の二、三番機、二小隊も白井機に倣い、畠中も三小隊を白井機に追随させる。

左右を見ると、第二、第三中隊が一中隊から離れる様が見える。

第二中隊は右、第三中隊は左だ。

白井大尉が直率する第一中隊は水平爆撃を担当す

るが、第二、第三中隊は雷撃担当だ。敵船団の左右に回り込み、輸送船に肉薄して発射する。

第一小隊の二番機が、指揮官機の前に出る。

嚮導機を担当する福西輝男飛行兵曹長の機体だ。水平爆撃の特技章を持つ搭乗員は何人かいるが、福西の技量は、美幌空でも一番との評価を得ている。

第一中隊の九機は、福西の誘導に従い、胴体下に抱えて来た二五番二発を一斉に投下するのだ。

船団の隊列に変化が生じた。

各船がてんでに、面舵、あるいは取舵を切っている。

算を乱して逃げ惑っているのだ。

畠中は右を見、次いで左を見た。

第二、第三中隊の九六陸攻は、船団の右方と左方で、海面付近に舞い降りている。

二中隊の方が、動きが早い。横一線に、展開を始めている。

(雷撃、水平爆撃の順になりそうだな)

畠中は、未来図を思い描いた。

輸送船の船腹に魚雷命中の水柱が奔騰し、あるいは艦上に二五番命中の爆炎が躍る様が脳裏に浮かんでいたが――。

「あれは……!」

思わず、叫び声が口を衝いて出た。

第二中隊の編隊形が乱れている。

九機のうち、二機が黒煙を噴き出し、大きくよろめいている。

九六陸攻の後方には、黒い小さな影が見える。大型の草食獣を襲い、後ろから食らいつこうとしている肉食獣のようだ。

「岡田、指揮官に発信。『二中隊、敵機ト交戦中』!」

畠中は大声で命じた。

恐れていたことが起きた。トラックに展開していたF4Fが、船団の援護に駆けつけたのだ。

敵機は今のところ、二中隊を襲っているだけだが、一中隊や三中隊が目に入っていないはずがない。

日本海軍 九六式陸上攻撃機

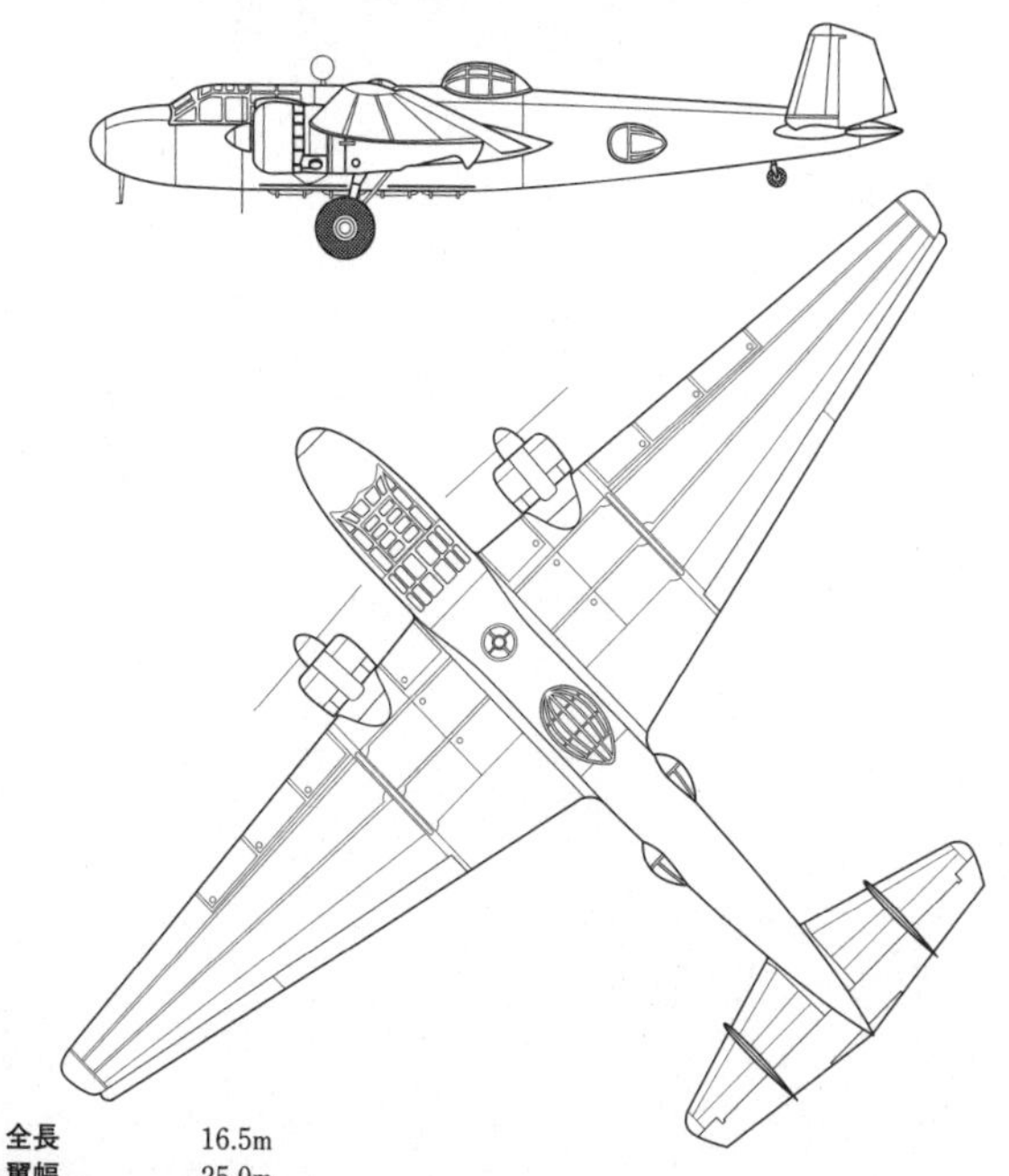

全長	16.5m
翼幅	25.0m
全備重量	7,778kg
発動機	三菱「金星」四二型 1,075馬力×2基
最大速度	373km/時
兵装	20mm機銃×1丁(胴体上面) 7.7mm機銃×1丁(胴体上面) 7.7mm機銃×各1丁(胴体両側面) 800kg魚雷×1 または60kg爆弾×12 または爆弾250kg×2
乗員数	7名

ニューヨーク海軍軍縮条約により主力艦の建造に制限を課せられた日本海軍は、戦備の中心に航空機を据えると決定した。水上艦艇の代替として検討された種々の航空機のうち、「陸上基地より発進し、来寇する敵艦隊を雷爆撃できる長距離攻撃機」として開発されたのが本機である。

空気抵抗を考慮したスマートな外見は、新しい海軍の姿を象徴するものとして国民に親しまれたが、昭和16年時点では、一式陸攻、及び一式戦攻「天弓」への機種改変が進んでいる。

遠からず、自分たちもF4Fの攻撃を受けることになる。

敵機に気づいたのか、嚮導機が速力を上げた。F4Fが襲って来る前に、投弾するつもりであろう。

白井機、鶴見卓郎一等飛行兵曹が機長を務める一小隊三番機が嚮導機に続いて増速し、二小隊も倣う。

畠中も、エンジン・スロットルを開く。

両翼の三菱「金星」四二型エンジンが高らかに咆哮し、九六陸攻が加速される。

第一中隊の九機は、敵輸送船の頭上から、一機当たり二発、九機合計一八発の二五番を見舞うべく突進して行く。

護衛の駆逐艦が対空砲火を撃ち始めたのだろう、第一中隊の前方に、次々と敵弾炸裂の爆炎が躍り、黒煙が前方の視界を塞いだ。

嚮導機は、湧き立つ黒煙の直中へと突進する。白井機以下の八機も、嚮導機に従う。

第三小隊の周囲でも、敵弾が炸裂し始めた。

対空砲火の密度は粗いが、時折近くで炸裂する敵弾があり、弾片が高速で飛来する。

コクピットの周囲や胴体後部から、不気味な打撃音が伝わり、機体が僅かに震える。

嚮導機が、船団の最後尾にかかった。

数秒後、嚮導機の胴体下から二つの黒い塊が切り離され、落下する様が見えた。

白井機、鶴見機、第二小隊の三機は、嚮導機より一、二秒遅れて投弾した。

「てっ！」の叫び声と共に、畠中機がふわりと浮き上がった。井垣が二五番二発を投下したため、反動で機体が飛び上がったのだ。

「後続機、どうか⁉」

「二、三番機、投下しました！」

畠中の問いに、胴体上面の旋回機銃座を受け持つ名越敏郎一等整備兵曹が返答した。

第一中隊は速力を緩めることなく、敵船団の頭上を通過する。周囲で繰り返し炸裂していた対空砲火も終息する。

「敵船二に各二発、敵船二に各一発命中！」

「了解！」

　井垣の報告を受け、畠中は満足感を覚えた。

　二五番一八発を投下し、六発が命中したのであれば、命中率は三分の一だ。急降下爆撃に比べて命中率が低いとされる水平爆撃で、この成績なら、まずまずと言っていい。

　二五番が命中しただけでは、撃沈にまでは追い込めないかもしれないが、積み荷には相当な被害を与えたはずだ。

「小隊長、操縦代わりますか？」

「まだだ」

　脇から声をかけた守谷に、畠中はかぶりを振った。

　二中隊を襲ったＦ４Ｆが、一中隊をも攻撃して来るかもしれない。安全圏に離脱するまでは、小隊長の自分が舵輪を握るのだ。

（こっちにも来るか？　どうだ？）

　Ｆ４Ｆの出現を警戒しつつ、畠中は機体を操り続けた。

2

「現在位置、モエン島（日本名『春島』）よりの方位八五度、一五〇浬」

　駆逐艦「ハンフリーズ」の艦長リチャード・ロビンス少佐に、航海長ジェームズ・ハリントン大尉が報告した。

「あと一日か。――何もなければ、だが」

　ロビンスは、大きく息をついた。

「ハンフリーズ」は、アメリカ合衆国の駆逐艦の中では、やや古いクレムゾン級の一隻だ。

　姉妹艦四隻と共に第一二六駆逐隊（DDG126）を編成し、トラック環礁に向かうT20船団の護衛に就（つ）いている。

　船団は、輸送船と油槽船（ゆそうせん）合計二四隻。積み荷は重油、ガソリン、食糧、医薬品、航空機の修理用部品、艦船用の機材等だ。

船団は四列の複縦陣(ふくじゅうじん)を組み、DDG126は前方を守っている。

左には第一二七駆逐隊(DDG127)が、右には第一二八駆逐隊(DDG128)が、それぞれ付き従う。

船団の速力は六ノット。

このまま直進すれば、一二五時間後にはトラックに到着する。

ただし、それは一切の戦闘行動がなければ、だ。日本機の空襲や潜水艦の襲撃があれば、必然的に到着は遅れる。

「仕掛けて来るでしょうか、ジャップは?」

「必ず仕掛けて来る。そう考えていた方が、間違いはない。――特に、昨日の空襲の結果が、奴らの上層部に伝えられていればな」

不安そうな表情で聞いた航海士のサミュエル・モートン中尉に、ロビンスはぶすりと答えた。

昨日午後、T20船団は、モエン島よりの方位八五度、二八〇浬の海域で、三〇機近くの九六陸攻(ネル)による空襲を受けた。

このときは、トラックから海兵隊航空部隊のF4Fが駆けつけてくれたため、被害は輸送船四隻の被弾に留まった。

被弾した輸送船のうち、一隻は船倉に直撃弾を受け、運んで来た航空機の修理用部品の過半を破壊され、もう一隻は土木用機材の多くを爆砕されたが、他の二隻は、積み荷に損害は出なかった。

船団にとっては喜ぶべき結果だが、空襲の結果は、日本軍の上層部も把握しているはずだ。

二度目の空襲、もしくは潜水艦の襲撃があるのではないか、とロビンスは考えていた。

「モエン島まで五〇浬の海面に入れば、危険はなくなると考えます」

ハリントンが言った。

トラックに近づくほど、合衆国側の警戒は厳重になるため、航空攻撃も、潜水艦の襲撃も、失敗に終わる可能性が高くなる。

過去、最もトラックに近い場所で行われた戦闘は、一一月一日、モエン島からの距離五〇浬の海面で、T17船団が潜水艦の襲撃を受けたときだ。

このときは輸送船二隻が撃沈されたが、トラックから駆け付けた飛行艇が対潜爆弾を投下し、敵潜水艦を沈めている。

過去の戦例から、モエン島から五〇浬の海面が安全圏だ、とハリントンは考えているようだった。

「航海長の言う通りだとしても、あと一七時間程度はかかる。それまでは――いや、トラックに入泊するまでは、気を抜くことはできぬ」

ロビンスは応えた。

時計をちらと見て、付け加えた。

「攻撃があるとすれば、潜水艦だろう」

現在の時刻は、現地時間の一四時二〇分。

今すぐベティかネルが上空に出現しても、彼らがサイパン島に帰り着くのは日没後になる。

夜間飛行の難しさを考えれば、今から敵機が船団を襲う可能性は乏しい。

警戒すべき相手は海面下にいるはずだ。

船団と護衛の駆逐艦は、整然たる隊形を組んだまま、トラック環礁への航行を続ける。

針路は二六五度。ほぼ真西に近く、太陽を追いかける格好だ。

速力は、六ノットを維持している。

駆逐艦の乗員にとっては、もどかしくなるほどの低速だが、船倉一杯に補給物資を積んだ輸送船にとっては、この速力が精一杯なのだ。

低速のため、のんびりした航海に感じられるが、水測室ではソナーマンが海中の音に耳を澄ませ、上甲板では手空きの乗組員が、浮上中の潜水艦や海面に突き出された潜望鏡を見落とすまいと、目を凝らしている。

敵がいつ襲って来るか分からないだけに、始末が悪い。

潜水艦は一瞬の隙を狙えばいいが、駆逐艦や輸送船の乗員は、絶え間ない緊張を強いられるのだ。

（これほど不公平な戦いはない）

そう思わずにはいられないが、その「不公平な戦い」に勝たねば、トラックに前進した太平洋艦隊や海兵隊に補給物資を届けることはできないのだ。

（開拓時代、幌馬車を護衛した騎兵隊も、俺たちと同様の忍耐を強いられたのだろうな）

そんなことを思いつつ、ロビンスは「ハンフリーズ」の指揮を執り続けていた。

三時間ほどは、何も起こらなかった。

二四隻の輸送船と一五隻の駆逐艦は、六ノットで西へと向かっている。

現地での時刻は一七時を過ぎ、太陽は水平線に近づいている。

日没が近いとはいえ、陽光はきつい。サングラスをかけていなければ、目が眩みそうになる。

「艦長より水測、正面から左前方にかけて注意を払え」

ロビンスは、水測長のマイケル・コリン兵曹長に命じた。

正面から左前方にかけての海面は、太陽光の反射で視認が困難になっている。

敵潜が、反射光を隠れ蓑にして雷撃をかけて来る可能性を危惧したのだ。

「正面から左前方を、特に注意します」

コリンが、復唱を返した。

時刻は一七時三〇分を過ぎ、太陽の高度は更に下がる。周囲の海面は、暗さを増している。

日没を一秒でも遅らせようとするかのように、船団は西に向かってゆく。

「左前方に機影！」

一七時三六分、見張員が報告を上げた。

ロビンスは、双眼鏡を向けた。

見覚えのある機体が三機、低空から接近して来る。

コンソリデーテッドＰＢＹ〝カタリナ〟。トラックにも多数が配備されている飛行艇だ。

「ありがたい」

ロビンスは、ハリントンと頷き合った。

空中からの目があれば、潜望鏡深度まで浮上して来た潜水艦の発見が容易になる。

三機のカタリナは、船団の前方で大きく分かれる。

一機は正面で、二機は船団の右前方と左前方で、それぞれ旋回を開始する。

耳に馴染んだ爆音が、艦橋に伝わって来る。

駆逐艦や輸送船の乗員にとっては、この上なく頼もしく感じられる響きだが――。

「『ハットフィールド』被雷！」

不意に、後部見張員からの報告が届いた。

その声に、炸裂音が重なった。

「後ろから来たか！」

ロビンスは叫び声を上げた。

「ハットフィールド」は、隊列の左を守るＤＤＧ１２７の四番艦だ。敵潜水艦は、隊列の後方に位置する船を狙ったのだ。

「『Ｌ31』被雷！」

新たな炸裂音が届き、後部見張員が、隊列の左後方に位置していた輸送船の名を伝える。

敵潜水艦が放った複数の魚雷のうち、一本が護衛の駆逐艦に、もう一本が輸送船に、それぞれ命中したのだろう。

敵潜に対する報復は、直ちに返される。

左前方で旋回していたカタリナが、船団の左後方へと突進し、対潜爆弾を投下する。

海中で続けざまに爆発が起こり、飛び散る海水が陽光を反射して輝く。

「『ホイップル』より通信。『船団針路三〇〇度』」

通信室から報告が上げられる。

「ホイップル」は、ＤＤＧ１２６の司令駆逐艦だ。司令のモーリス・ハワード大佐は、全船団の指揮権を有している。

ロビンスがハリントンに「面舵一杯。針路三〇〇

度」を命じようとしたとき、

「左六〇度、魚雷航走音！」

コリン水測長の報告が飛び込んだ。

「航海長、取舵だ。左に六〇度回頭、急げ！」

「通信長、上空のカタリナに通信。『敵潜、左六〇度』！」

ロビンスは、早口で二つの命令を発した。

「取舵一杯。左に六〇度回頭！」

ハリントンが命令を復唱すると同時に舵輪を回す。

基準排水量が一一九〇トンと小さいだけに、転舵(てんだ)してから舵が利き始めるまでの時間が短い。「ハンフリーズ」の艦首が、大きく左に振られる。

「ハンフリーズ」からの通信が届いたのだろう、カタリナ一機が、左舷前方に向かう。

すぐには、対潜爆弾の投下はない。敵潜水艦は魚雷発射後、急速潜航をかけ、深みに逃げ込んだのかもしれない。

「ハンフリーズ」は、魚雷に艦首を正対させている。

「雷跡」の報告はまだない。

（見落としたか？）

ロビンスが自問したとき、後方からおどろおどろしい炸裂音が届いた。

「『K19』被雷！」

後部見張員の叫び声が、爆発音に続く。

「しまった……！」

ロビンスは失敗を悟った。

「ハンフリーズ」は、敵潜水艦の雷撃回避に成功したが、魚雷は右後方にいた輸送船に命中したのだ。

「後部見張り、『K19』の状況報せ！」

「左舷中央に被雷。行き足が止まり、重油が流出しています！」

「最も重要な船を……！」

報告を受けたロビンスは、呻き声を漏らした。

「K19」は、艦船用燃料の運搬船だ。船内の油槽に、重油を満載している。

その船が雷撃を受けたのだ。太平洋艦隊の燃料補給計画に、狂いが生じるのは確実だ。

T20の隊列は、混乱に陥っている。

護衛の駆逐艦一隻、輸送船二隻が、続けざまに雷撃を受けたのだ。

敵潜水艦一隻はまだ発見できない。

輸送船の多くが、恐慌状態に駆られていた。

「『ホイップル』より通信。『先の命令は有効なり。船団針路三〇〇度』」

通信室が、ハワード司令の命令を伝えた。

溺者救助の命令はない。健在な輸送船二二隻の護送を優先するのだ。

被雷した三隻の乗員の運命が思いやられたが、命令を受けた以上は止むを得なかった。

ほどなく、二二隻の輸送船と一四隻の駆逐艦は、黒煙を噴き上げている三隻を残し、前進を再開した。

敵潜の攻撃に向かったカタリナも反転し、船団の前方に付く。

太陽は西の水平線にかかり、船団の周囲は薄闇に包まれ始めていた。

3

「四号艇、発進します」

甲標的第四号の艇長を務める西脇得治中尉は、艇長席の電話を通じて、母艦である伊号第二〇潜水艦艦長山田隆中佐に伝えた。

「健闘を祈る。本艦は、現海面で待っている」

受話器を通じて、山田の力強い声が返された。

「現海面で待っている」との一言に、「生還を信じている」との意が込められているように感じられた。

西脇は受話器を置き、発令所との通話を切った。

帰還まで、母艦との連絡手段はなくなった。

「発進！」

「発進します！」

艇付の鈴木真三郎二等兵曹が、命令を復唱した。

機械的な動作音と共に、艇が僅かに浮き上がり、前進を開始した。

甲標的――二人乗りの特殊潜航艇は、電動機を動力とするため、音はごく小さい。忍び足で、目標に近づこうとするようだ。

「潜水艦ってのは海の忍者に喩えられるが、こいつは忍者の中の忍者だ」

そんな感想を、西脇は抱いた。

元々甲標的は、敵の泊地や港湾を攻撃するために開発された艇だ。

全長二三・九メートル、最大幅一・九メートル、排水量四六トンと、艇体は極めて小さく、水中での速力は最大一九ノットと速い。安全潜航深度は一〇〇メートルと、伊号、呂号潜水艦に匹敵する潜航能力を持っている。

この小さな艇体と足の速さを活かして、敵の泊地や港湾に忍び込み、主力艦を雷撃するのだ。

泣きどころは、航続距離が最大六〇浬と短いことだ。目的地の近くまでは、母艦となる潜水艦の上甲板に載せて、運ばなければならない。

今回の作戦には、甲標的五隻と母艦になる伊号潜水艦五隻が投入されているが、各艦とも目標から五浬前後の距離まで接近していた。

「針路、速度共このまま」

「針路、速度共このまま。宜候」

西脇の命令を、鈴木が復唱する。

甲標的は、水中での巡航速度六ノットで前進する。西脇は水中聴音機を通じて、海中の音に耳を澄ませる。

甲標的は、伊号、呂号に比べて静かであり、水中探信儀にもかかり難いが、絶対安全とは言い切れない。現海面は、米太平洋艦隊の前線基地付近だ。

海上では、駆逐艦、駆潜艇、哨戒艇といった対潜艦艇が目を光らせ、海中の音に耳を傾けている。

敵の寝首を掻きに行く立場だが、天敵の存在に怯える小動物の慎重さが必要だ。

敵艦の推進機音も、探信音もないまま、四〇分が経過する。

「二ノットに落とせ。潜望鏡深度まで浮上」

「速力二ノット。潜望鏡深度まで浮上します」

西脇の命令に復唱が返され、艇が減速する。

艇首が上向けられ、ゆっくりと浮上する。

敵地の間近であることを考えれば、危険極まりない動きだが、任務の性格上、潜望鏡を通した肉眼での確認は不可欠だった。

「深さ二メートル」

「潜望鏡を上げる」

鈴木の報告を受け、西脇は宣言するように言った。

アイピースに両目を押し当てると、暗夜の海面が視界に入って来た。

この日の月齢は一。

月明かりはほとんどないが、波の向こうに多数の光源が見える。

トラック環礁の夏島錨地――米軍に占領される前は、帝国海軍が小型艦の泊地として使用していた場所であろう。

西脇は、一旦潜望鏡を下ろした。

(米軍は、灯火管制を敷いていないのか?)

と、自問した。

トラックは環礁に囲まれ、進入路は限定される。礁湖に潜水艦が侵入して来る危険は、考えていないのかもしれない。

西脇は、今一度潜望鏡を上げ、目当てのものを探した。丸く狭い視界の中に、残骸のようなものの影が見て取れた。

午島砲台――環礁の防御用に設けられていた砲台が、米軍の砲爆撃によって破壊された跡であろう。

環礁の切れ間――北東水道は、その南側にある。

開戦直前、トラックの防衛を担当していた第四艦隊は、環礁北端の北水道を残し、他の水道全てを機雷で封鎖したが、米軍はトラック占領後、北東水道を掃海して、自軍の出入り口に使用している。

他の水道については、一旦掃海した上で、改めて米国製の機雷を敷設し直したとの情報もある。

現在は、目の前の北東水道が、環礁内に進入する唯一の道だ。

西脇は、潜望鏡を下ろした。

「面舵一五度。速力六ノット。環礁に進入する」

「面舵一五度。速力六ノット。宜候」

西脇の指示に、鈴木が復唱を返した。

二ノットの最小舵効速力で前進していた甲標的が速力を上げ、艇首を右へと振った。

西脇は今一度潜望鏡を上げる。

充分な広さを持ち、戦艦、空母といった大艦の通行にも適した水道だが、潜望鏡の限られた視界による航行だ。

誘導をしくじり、環礁に艇首から突っ込む危険を避け、かつ敵艦に見つからぬためには、潜望鏡の上げ下ろしをこまめに繰り返し、艇の位置を確認する必要があった。

艇首が水道の入り口に差し掛かったとき、西脇は右前方に探照灯の光芒を見出した。

「深さ一五まで潜航！」

西脇は、潜望鏡を下ろしながら命じた。

「深さ一五。宜候」

鈴木が復唱を返し、艇首が押し下げられる。

艇が一五メートルまで潜ったところで、

「機関停止。無音」

を、下令する。

右前方から、敵艦の推進機音が聞こえて来る。

北東水道から環礁外に出ようとしているようだ。

甲標的を発見した動きには見えないが、迂闊には動けない。こちらを油断させておいて、爆雷を投下する可能性もある。

推進機音が、更に近づいて来る。潜航深度が浅いため、聴音機を介さずともはっきり聞こえる。

敵艦が、頭上を通過した。

推進機音が、後方へと移動した。

着水音が聞こえるか、と思い、身体をこわばらせたが、何も起こらない。

　敵艦は、甲標的に気づかなかったようだ。

「前進を再開しますか?」

「もう少し待て」

　鈴木の問いに、西脇は即答した。

　敵との距離はまだ近い。下手に動けば、推進機音を聞きつけられる。

　水道の入り口で、無音潜航の状態が続く。

　艇が、前方へと動いている。

　潮流が、艇を押し流しているようだ。

「潜望鏡深度まで浮上。速力二ノット」

　西脇は、危険を察知して命じた。

　艇が流され、環礁に衝突することを恐れたのだ。

「潜望鏡深度まで浮上。速力二ノット。宜候」

　鈴木が命令を復唱し、艇首が上向けられた。

　浮上する間、敵艦が引き返して来ないか、と耳を澄ましたが、その様子はない。

　先の敵艦は、環礁の外での哨戒に向かったようだ。


水道内に潜む超小型の潜水艇には気づかなかったのだろう。

　西脇は潜望鏡を上げ、回転させた。

　敵艦から放たれる探照灯の光芒と環礁の影は、艇の後方に見える。

「しめた!」

　潜望鏡を一旦収納しながら、西脇は小さく叫んだ。

「どうしました?」

「潮流が、艇を環礁の中に運んでくれたんだ」

　鈴木の問いに、西脇は笑いながら答えた。

　推進機を停止したおかげで、移動のための電力を多少節約できたことになる。

「現在の針路は?」

「二六〇度です」

「よし、取舵一杯。針路二一〇度。速力六ノット!」

　西脇は、トラック環礁の地図を思い浮かべながら命じた。

　北東水道の内側付近から二一〇度、すなわち南南西に進めば、夏島錨地に行き当たる。

環礁内に入泊した船団のうち、何隻かはそこにいるはずだ。

「作戦目的は、米太平洋艦隊の足止めだ。そのためには、敵の輸送船が最優先目標となる。できるだけ、敵艦が荷下ろしを済ませる前に叩いて貰いたい。輸送船を一隻沈めれば、米太平洋艦隊の侵攻を一日遅らせることができると思ってくれ」

西脇と鈴木は、山田潜水艦長からそのように聞かされていた。

甲標的が艇首を振る。

推進機音が高まり、艇が加速される。

西脇は時折潜望鏡を水面に突き出し、海面の様子を探る。

右前方に黒々とした島影があり、その左方に光が見える。

前者は春島、後者は夏島錨地の光であろう。

西脇の艇は、目標に大きく近づいたのだ。

(他の艇は、どうしているのか)

その疑問が脳裏に浮かぶ。

トラック襲撃に参加する甲標的は、西脇艇を含めて五隻だ。

母艦は、全て北東水道から五浬の圏内で、甲標的を放ったと考えられる。

広大な環礁の中で、小さな僚艇を見つけられるはずもないが、彼らも西脇同様、夏島錨地に向かっている最中かもしれない。

六ノットで二〇分ほど前進したとき、西脇は左前方から接近して来る艦影に気づいた。

北東水道の入り口で遭遇した艦同様、探照灯の光を海面に投げかけている。

「潜航。深さ三〇。速力二ノット！」

「深さ三〇に潜航。速力二ノット。宜候！」

鈴木が復唱を返し、艇が大きく前方に傾いた。

甲標的が、ゆっくりと深みに潜ってゆく。

水中聴音機は、敵艦の推進機音を捉えている。

今のところ、西脇艇には気づいていないようだ。

深度三〇メートルまで潜ったところで、艇が動きを止める。

推進機音が、左前方から接近して来る。

(来るなよ、来るなよ、こっちに来るなよ)

海面上の敵艦に向かって、西脇は呼びかけた。

敵艦が頭上を通過したら、要注意だ。爆雷が投下される可能性が高い。

環礁内で爆雷攻撃を食らったら、まず助からない。深みに潜ってかわそうにも、礁湖はそこまで深くないためだ。

西脇としては、敵艦のやり過ごしに成功するよう祈るしかない。

推進機音は、西脇艇の左舷側を通過した。

頭上を通ることなく、後方に遠ざかってゆく。

どうやら、敵に気づかれずに済んだようだ。

「これで二隻か」

西脇は、額の汗を拭った。

二隻をやり過ごしたからといって、安心はできない。今のトラック環礁は敵地であり、多数の対潜艦艇が目を光らせているのだ。

任務を完了し、母艦の伊二〇に収容されるまでは、安心できなかった。

「潜望鏡深度まで浮上。前進を再開する」

西脇が命じたとき、不意に後方から炸裂音が伝わった。

炸裂音は二度、三度と連続する。

「見つかったか!!」

西脇は舌打ちした。

僚艇が敵に発見され、爆雷攻撃を受けているのだ。

前方の海面から、海水の攪拌音が伝わって来る。

礁湖の中で哨戒に当たっていた対潜艦艇が、捜索を開始したのかもしれない。

「どうします?」

鈴木が聞いた。

声に、怯えた様子はない。甲標的の乗員に志願したときから、命は捨ててかかっていた様子だ。

「浮上中止。深さ三〇を維持」

「深さ三〇を維持。宜候」

復唱が返され、艇は無音潜航を続ける。

敵艦の推進機音と水中探信儀が発する甲高い音が伝わって来た。

敵が、海中深くに音波の手を伸ばし、探りを入れているのだ。

甲標的は、静止状態のまま待機する。

敵艦が探信音を打ちながら、頭上を通過してゆく。

（着水音は来るか？　どうだ？）

西脇は、海面の変化を聞き取ろうと耳を澄ました。

甲標的が探知されたかどうかは、爆雷の着水音を聞くまで分からない。乗員にとっては、地獄の門が開くかどうかの分かれ目だ。

推進機音が、後方へと遠ざかる。

着水音も、爆雷の炸裂もない。

西脇艇は、敵艦をやり過ごしたのだ。

「潜望鏡深度まで――」

命令を出そうとしたとき、後方から新たな炸裂音が聞こえ始めた。

「またか！」

西脇は舌打ちした。

先の僚艇に続いて、二隻目が発見されたのだ。

出撃した甲標的五隻のうち、健在な艇は西脇艇を含めて三隻。

うち、何隻が目標に取り付き、魚雷発射まで持って行けるか。

「思い切って、錨地に突入しては？　今なら甲標的の推進機音は、敵艦の音に紛れて聞き取り難いはずです」

「木を隠すには森の中、か」

鈴木の提案を受け、西脇はしばし思案を巡らした。

良策に思えるが、無謀という気もする。

敵が待ち構えている中に、闇雲に突入してゆくことにならないか。

「……よし、やろう」

一〇秒ほど考えた末に、西脇は断を下した。

ただ潜航しているだけでも、蓄電池の電力を消費する。電池切れになり、二度と浮上できなくなれば、全くの犬死にだ。

それよりは、鈴木の案に懸けた方がよい。

「潜望鏡深度まで浮上。速力六ノット！」

何かを吹っ切るように、西脇は下令した。

「潜望鏡深度まで浮上。速力六ノット。宜候！」

鈴木が、笑っているような陽気な声で復唱を返した。状況の深刻さにも関わらず、陽気さを感じさせる声だ。今の状況を、楽しんでいるようにも感じられた。

推進機音が高まり、艇が動き出す。巡航速度の六ノットを保ちつつ、海面に向かって浮上する。

西脇は潜望鏡を上げ、周囲の様子を観察した。

夏島錨地の光を背に、三隻の艦影が見える。西脇艇に、正面を向けている。

西脇艇には、気づいていない様子だ。

「深さ一〇。速度このまま。敵艦の真下を抜ける」

「深さ一〇。速度このまま。宜候！」

鈴木が復唱を返し、艇がお辞儀をするように、前方へと傾いた。

潜舵が目一杯下げられたのか、艇は急角度で深みへと潜る。

深度一〇メートルで水平に戻り、六ノットの速力を維持したまま、海中を突き進む。

前方から推進機音が迫り、拡大する。先に発見した、敵艦三隻の推進機音だ。

音が前方から頭上に移動し、後方へと抜ける。

着水音が聞こえるか、と警戒するが、それらしき音はなく、敵艦の動きにも変化はない。

三隻の敵艦は、西脇艇から遠ざかってゆく。

「いいぞ、この調子だ」

西脇はほくそ笑んだ。

西脇艇は敵艦の推進機音を隠れ蓑として、目標との距離を詰めているのだ。

艇が潜望鏡深度まで浮上し、西脇は潜望鏡を上げる。

　これまでよりも夏島錨地との距離が縮まっており、光の中に複数の艦影が見えている。

　まだ距離があるため、艦種ははっきり分からないが、大きさの違いだけは見て取れる。

　大型艦が二隻、小型艦が四隻だ。

「目標、前方の大型艦。発射雷数二。駛走深度五！」

　西脇は潜望鏡を一旦下ろし、発射諸元を鈴木に伝えた。

　搭載魚雷の二式四五センチ魚雷は、雷速三九ノット、射程距離三〇〇〇メートルに固定されている。

　目標を定め、二本の魚雷を発射するだけだ。

　西脇は再び潜望鏡を上げ、目標までの距離と艇の針路を確認した。

　距離は約三〇〇〇メートル。二式魚雷の射程ぎりぎりだ。もう少し距離を詰め、必中を期したい。

　西脇は一旦潜望鏡を下げ、鈴木に命じた。

「ちょい左」

「ちょい左、宜候」

　鈴木の復唱と同時に、艇首が僅かに振られる。

　西脇は今一度潜望鏡を上げ、甲標的の艇首が、目標の艦腹に向けられていることを確認する。

「このまま直進！」

　潜望鏡を下ろし、西脇は下令した。

「このまま直進。宜候！」

　鈴木が復唱を返した。

　甲標的は速力を六ノットに保ち、敵艦に直進する。

　目標が輸送船との確証はない。仮に輸送船だとしても、荷を積んだままかどうかは不明だ。

　だが、ここまで来れば、狙った艦を雷撃する以外の選択肢はない。

　五分ばかりが経過したとき、不意に右舷側の海面で爆発が起こり、横殴りの衝撃を喰らった艇が大きく揺れた。

　爆発は、二度、三度と繰り返され、都度甲標的は右に、左にとローリングを繰り返した。

「鈴木、最大戦速！」

「最大戦速、宜候！」

咄嗟の下令に復唱が返され、推進機音が高まった。

甲標的が巡航速度の六ノットから、みるみる一〇ノット、一五ノットと加速される。

敵弾の炸裂は続くが、弾着は全て後方だ。

西脇は、増速による敵弾の回避を試みたのだ。

潜水艦の水中での速力は、七、八ノットがせいぜいだ。環礁内に進入した超小型潜水艇が、最大一九ノットの水中速力を出せるとは、米軍にも予想外だったであろう。

西脇は潜望鏡を上げ、艇の針路を確認した。

「右に二度変針！」

「面舵二度。宜候！」

鈴木とのやり取りを通じ、艇の針路が調整される。

視界の右方に見えていた敵艦が、潜望鏡の中央に移動する。

「このまま直進！」

再度の直進命令を出したとき、前方に弾着の飛沫が上がった。

海面に突き出した潜望鏡が、探照灯の光に捉えられたのかもしれない。

西脇は断を下した。

「一番発射！」

宣言するように叫び、魚雷の発射レバーを引いた。

艇首から機械の動作音が伝わり、甲標的が身を震わせた。

二式四五センチ魚雷二本のうち、一番魚雷が敵艦目がけて放たれたのだ。

発射後、西脇艇は大きく艇首を上向けている。

一番魚雷の重量一トンが消えた反動で、艇尾が沈み込んだのだ。

「姿勢を立て直せ。バラストタンク注水！」

「バラストタンク注水します！」

鈴木が復唱を返す。

甲標的は、シーソーのようにピッチングを繰り返している。鈴木がバラストタンクに注水すると同時に舵を操り、艇を安定させようと努めているのだ。

周囲からは、弾着の衝撃が伝わる。甲標的は小さいため、敵も照準を合わせづらいようだ。

「もう一本行けそうだな」

西脇は薄笑いを浮かべた。

一本発射できれば上首尾だと思っていたが、四号艇は健在だ。この機会を活かさぬ法はない。

三〇秒ほどかかって、艇が安定した。

目標との距離は、更に縮まっている。

「二番行くぞ!」

「了解!」

西脇の叫びに、鈴木が陽気な声で応答した。

敵の泊地に進入し、雷撃にまでこぎつけたことを心から喜んでいる様子だった。

西脇は、二番魚雷を発射した。甲標的の艇体が大きく震え、再び艇首が飛び上がった。

「バラストタンク注水! 急速潜航!」

魚雷は二本とも発射した。後は生還できれば、こっちの完勝だ——その思いを込めて、西脇は命じた。

「バラストタンク注水。急速潜航。宜候!」

鈴木が復唱を返したとき、艇はこれまでに感じたことのない、強烈な衝撃に見舞われた。

西脇は、頭を真横から力任せ(ちからまか)に殴られるような衝撃を感じ、意識が瞬時に暗転した。

海面付近まで跳ね上がった艇首に敵弾が直撃し、爆砕した瞬間だった。

それ故、西脇も、鈴木も、雷撃の成果は確認できなかった。

時間差を置いて発射された二本の魚雷は、本国から四〇〇〇トンの重油を運んで来た油槽船の船腹に命中し、水線下を大きく抉っただけではない。船内の油槽をも損傷させ、大量の重油を、かつての夏島錨地に流出させている。

船底を破られ、左舷側に大きく傾いた油槽船の周囲には、どす黒い油膜が広がり、その中で船外に放り出された船員が、浮きつ沈みつしながらもがいていた。

4

「環礁の中に侵入して来るとはな」

アメリカ合衆国太平洋艦隊司令長官ハズバンド・E・キンメル大将は、苦り切った表情で言った。

太平洋艦隊旗艦「アラバマ」の長官公室だ。

艦は、モエン島の西側にある錨地に錨を降ろしている。

周囲には、姉妹艦の「オハイオ」とレキシントン級巡洋戦艦六隻、一九一六年度計画で建造された四〇センチ砲戦艦のコロラド級二隻、やや旧式ながら三五・六センチ砲一二門を装備するテネシー級、アリゾナ級の戦艦各二隻が、熱帯圏の陽光の下に、その勇姿を浮かべている。

開戦前は、日本海軍最大の艦隊泊地として知られた広大な環礁は、今や合衆国最強の戦艦群が集う前線基地となっているのだ。

取材に訪れたワシントン・ポストの記者は「真珠湾(しんじゅわん)がそっくり引っ越して来た」と記事に書いたが、決して誇張した表現ではない。事実、太平洋艦隊の母港であるハワイ・オアフ島の真珠湾は、閑散(かんさん)とした風景になっているという。

これらの艦隊が、フィリピンのアジア艦隊と一体になれば、日本海軍の連合艦隊(コンバインド・フリート)など容易(たやす)く叩き潰(つぶ)せるはずだが、合流は未だに果たせていない。

太平洋艦隊の主力が、トラック環礁に進出するのを待っていたかのように、日本海軍が補給線を攻撃し始めたためだ。

トラック環礁への補給物資は、合衆国本土からハワイ・オアフ島の真珠湾を経由して送り届けられる。

マリアナ諸島から来襲する長距離爆撃機や、トラック東方海上に展開する潜水艦は、この船団を襲い、燃料、弾薬、食糧等の補給物資を船もろとも海没させる。

補給物資の不足は、トラック環礁の前線基地化や太平洋艦隊の作戦計画を遅延させ、トラック以西への進撃を阻む。

昨日――一一月一二日夜には、トラックへの直接攻撃までが行われた。

日本軍は礁湖に潜水艦を侵入させ、油槽船一隻を沈めたのだ。

将兵の多くは、礁湖の中は安心だと思っていたが、そうではないことが明確になったのだ。

油槽船一隻の沈没と重油四〇〇〇トンの流出以上に、将兵の士気に与える影響が深刻だった。

「敵潜の攻撃に当たった駆逐艦の艦長は、『礁湖に侵入した敵潜水艦は、小型の潜水艇と推測される』と報告しています。礁湖の中で撃沈した艇を引き上げ、調査すれば、正体が判明すると考えます」

参謀長のウィリアム・スミス少将が言った。

礁湖への侵入を図った敵潜水艦は五隻であり、うち二隻を環礁の外で、三隻を環礁の内側で、それぞれ撃沈したことが確認されている。

うち一隻は、水深二〇メートル程度の場所で沈めたため、引き上げは比較的容易です、とスミスは言った。

続けて、作戦参謀のノーマン・ウィラード中佐が発言した。

「敵の潜水艇は、航続距離はさほど長くないと推測されます。おそらく、母艦となる潜水艦の上甲板に係留された状態で、トラック近海まで運ばれて来たものでしょう」

「何故、そのように考える?」

「敵潜の撃沈後、軽油の流出は確認されていません。潜水艇はディーゼルではなく、バッテリーによって駆動していたと考えられます。バッテリーによる航続時間の短さと艇の大きさを考え合わせれば、敵潜水艇がサイパン島やパラオ諸島からはるばるトラックまでやって来たとは考えられません」

「潜水艇の侵入を防ぐには、母艦となっている潜水艦を発見して叩けばよい、ということかね？」

　スミスの問いに、ウィラードは頷いた。

「母艦となっているのは、おそらく『伊号（イゴウ）』と呼ばれる大型潜水艦でしょう。小型潜水艇よりも、発見が容易です」

「小型潜水艇は、さほど重大な脅威ではない」

　幕僚たちのやり取りを聞いていたキンメルが、重々（おもおも）しい口調で言った。

「潜水艇による被害は、油槽船一隻に留まっている。また、我が軍の駆逐艦や駆潜艇は、夜間であるにも関わらず、五隻を発見し、撃沈しているのだ。環礁（とら）内に侵入されたのは初めてだが、そのことだけに囚われていたのでは、真に重大な脅威を見落とすことになる」

「真に重大な脅威とは、敵機による長距離爆撃や、洋上における潜水艦の襲撃でしょうか？」

　スミスの問いに、キンメルは「うむ」と頷き、先を続けた。

「T20船団の被害の内訳を見て貰いたい。長距離爆撃による被害は、輸送船の被弾四隻。うち、積み荷に大きな損害を受けた船は二隻。潜水艦の襲撃による被害は、油槽船の沈没二隻。重油八〇〇〇トンが失われている。小型の潜航艇による被害よりも、長距離爆撃や洋上における潜水艦の襲撃による被害の方が大きいのだ。優先すべきは、これらへの対策だろう」

「一一月九日の長距離爆撃に対しては、海兵隊の航空部隊による援護が奏功（そうこう）し、多数のネルを撃墜したとの報告が届いております」

　首席参謀チャールズ・マックモリス大佐の発言を受け、航空参謀ケヴィン・パークス中佐が言った。

「海兵隊航空部隊は、モエン島の飛行場から船団の上空まで、往復六〇〇浬の飛行を強いられています。戦闘機クルーの負担が大きいことに加え、敵機の来襲に合わせて船団の上空に到達できるとは限りません」

「戦闘機の迎撃が成功したのは、たまたまタイミングが合ったからだ、と言いたいのかね？」

「おっしゃる通りです。海兵隊航空部隊は、トラック環礁の防空はともかく、船団の上空援護を担わせるには不適当です。船団を確実に守るには、空母の随伴(ずいはん)が最も効果的です」

「現時点では無理だ」

　スミスがかぶりを振った。

　合衆国海軍が配備している空母は、ヨークタウン級八隻と中型空母の「キャバリー」だが、太平洋に配属されているのはヨークタウン級五隻だ。うちアジア艦隊に所属する二隻は、リンガエン湾海戦で撃沈されている。

　太平洋艦隊に所属するヨークタウン級三隻は、主力の上空援護が主任務だ。

　現状を考えれば、船団の護衛に使用できる空母はない。

「本国では、商船ベースの護衛空母を多数建造中と聞いておりますが」

　パークスの言葉に、スミスはかぶりを振った。

「戦力化は、来年半(なか)ば以降だ。それまでは、現有兵力で戦わねばならない」

「トラックに向かう船団を、南に大きく迂回(うかい)させてはいかがでしょうか？　時間は余分にかかりますが、長距離爆撃機や潜水艦に捕捉される危険は減少します」

　航海参謀ジェームズ・ワイルダー中佐が、広域図に指示棒を伸ばした。

　中継点のクェゼリン環礁から南に大きく迂回する形で、トラックへの航路を示した。

「それで行こう。時間や燃料が余計にかかっても、物資を確実にトラックまで運ぶことが重要だ」

　キンメルは即決した。幕僚たちの間から、異議(いぎ)は出なかった。

「潜水艦対策については、どうなさいますか？　船団に迂回航路を取らせても、潜水艦に襲われる危険はゼロではないと考えますが」

「飛行艇と駆逐艦による哨戒を強化する。当面、それ以外の対策は採れまい」

スミスの問いに、キンメルは答えた。

商船ベースの護衛空母が一定数揃えば、船団に空母を随伴させることもできる。それまでは、現有兵力でやりくりする以外にない、と付け加えた。

「差し迫った問題は、もう一つある。フィリピンの救援についてだ」

キンメルの言葉を受け、幕僚全員の目が、机上に広げられているフィリピンの地図に向けられた。

「アジア艦隊はマニラ湾口海戦の終了後、ミンダナオ島南西のモロ湾に後退し、反撃の機をうかがっています」

ウィラード作戦参謀が起立し、モロ湾を指示棒で指した。

「アジア艦隊が日本艦隊を撃滅し、フィリピン周辺の制海権を奪回できる見込みはあるのかね？」

「その可能性は乏しいと判断します。一連の海戦の結果、アジア艦隊の戦力は、戦艦七隻、重巡五隻、軽巡二隻、駆逐艦二七隻となっています。戦艦のうち三隻は損害が大きく、戦闘不能との報告が届いています。ミンダナオ島には、艦船の修理用施設はなく、艦船用燃料の備蓄は若干ありますが、戦力回復も不可能です。現状では、日本艦隊の撃滅どころか、戦力の維持すら困難と考えられます」

厳しい口調で聞いたスミスに、ウィラードは淡々と事実のみを語った。

「放置しておけば、全艦喪失の憂き目に遭う、と言いたいのかね？」

「その可能性が高いと推測します」

「日本軍を甘く見過ぎたな」

キンメルは顔を僅かにうつむけ、かぶりを振った。

「アジア艦隊には、世界最強のサウス・ダコタ級戦艦六隻が配備されていた。そのアジア艦隊がフィリピンで睨みを利かせれば、日本はひとたまりもなく合衆国に屈服すると、本国政府も統合参謀本部も考えていた。ところが、いざ戦いを始めてみると、アジア艦隊は敗北続きだ。戦艦は激減し、母港のキャビテからも追い出される有様だ。合衆国の艦隊がこここまで惨めな状態に追いやられるとは、思ってもいなかった」

「太平洋艦隊としましては、アジア艦隊が健在な内に救出すべきと考えます。多数の艦艇、特に戦艦を失ったとはいえ、アジア艦隊には今なお七隻の戦艦が健在です。うち四隻はサウス・ダコタ級であり、修理さえ施せば、合衆国海軍の重要な戦力となる艦です。更に、艦以上に重要なのが将兵です。彼らは日本軍の実力を肌で知っており、今後の対日戦に欠くべからざる人材です」

マックモリス首席参謀の意見を受け、キンメルは重々しい口調で言った。

「アジア艦隊を救うには、彼ら自身にフィリピンからトラックまで脱出して貰う必要がある」

当初の作戦計画では、太平洋艦隊がトラックから西進してパラオ諸島を陥とし、フィリピンまでの連絡線を確保するはずだった。

だが、日本軍による補給線攻撃のため、太平洋艦隊は燃料が充分とは言えない。

パラオ攻略も、その先にあるフィリピンへの進撃も困難だ。

「燃料の問題上、太平洋艦隊全艦を挙げての救援は困難ですが、一部の艦を援護に向かわせることは可能です」

補給参謀のダニエル・ローガン中佐の発言を受け、キンメルは言った。

「太平洋艦隊が援護するのは当然だが、アジア艦隊とは指揮系統が違う。私には、アジア艦隊への命令権はない」

太平洋艦隊とアジア艦隊は同格であり、指揮権は独立している。

アジア艦隊をフィリピンから撤退させるには、本国の命令が必要なのだ。

司令長官のウィルソン・ブラウン大将が独断で脱出を決意すれば別だが、その場合、ブラウンは帰国後、軍法会議と長官職からの更迭、予備役編入を覚悟しなければならない。

「仮にアジア艦隊がフィリピンから脱出した場合、極東陸軍は持ち堪えられないでしょう」

ウィラードが言った。

フィリピンの防衛を担うアメリカ極東陸軍は、マニラを放棄し、バターン半島とコレヒドール島に立てこもっている。

軍司令官のダグラス・マッカーサー大将は、

「太平洋艦隊が来れば、日本軍などすぐにでもルソンから叩き出せる。それまでは、何としてもバターン、コレヒドールを守り抜く」

と、将兵を激励しているが、太平洋艦隊が来ないだけではなく、アジア艦隊も撤退したとなれば、将兵の士気がどん底まで落ちることは目に見えている。

極東陸軍が降伏することは明らかだ。

ブラウンもそれが分かっているだけに、軽々しく決断は下せないであろう。

「作戦本部に、現状を報告してはいかがでしょうか？　太平洋艦隊がフィリピンまで進撃できず、アジア艦隊も危機に陥っている現状を知れば、アジア艦隊に撤退命令を出すかもしれません」

マックモリスの意見に、キンメルは頷いた。

「やってみよう。フィリピンが持ち堪えられないとしても、アジア艦隊の残存艦艇と将兵は助けたい。いずれ山本五十六に、リンガエン湾海戦やマニラ湾口海戦の復讐戦を挑むためにもな」

第三章　アジア艦隊の選択

1

ミンダナオ島ダバオの飛行場に、エンジンの始動音が響いた。

グラマンF4F〝ワイルドキャット〟二機のプロペラが回転し、機体の真下から後方にかけて土埃(つちぼこり)を巻き上げる。

クラークフィールド、イバ、ニコルスといった極東航空軍の飛行場に比べると、遥(はる)かに規模が小さい。滑走路は短いものが二本だけであり、整備場も小規模だ。

それでも、整備員は限られた環境で入念な整備を施したのだろう、P&W(プラット・アンド・ホイットニー)R1830空冷複列星型一四気筒エンジンは、快調な暖機(だんき)運転音を立てていた。

所属は「ヨークタウン」戦闘機隊(VF3)。

一〇月二五日のリンガエン湾海戦で、母艦の「ヨークタウン」と姉妹艦の「ホーネット」が沈んだとき、直衛任務に就いていた機体の生き残りだ。

母艦の沈没後は、ルソン島のサン・マルセリーノ飛行場で補給を受け、アジア艦隊と共に、ミンダナオ島の飛行場に移動している。

VF3と「ホーネット」戦闘機隊(VF5)の残存機は、両隊を合わせて二七機。

サン・マルセリーノ飛行場に降りたときには五七機が健在だったが、損傷が酷(ひど)く、修理不能と判断された機体や、ダバオで充分な整備を受けられずに故障し、廃棄処分となった機体が半数を超えたのだ。

この僅かな機数が、アメリカ合衆国アジア艦隊の頭上を守る唯一の楯(たて)だった。

「暖機運転終了。いつでも行けます!」

傍(かたわ)らの整備員が声をかけ、指揮所から「行け!(ゴー)」の指示が送られた。

一番機に搭乗するジョージ・ブロック大尉が最初にエンジン・スロットルを開き、二番機に搭乗するギル・アスティン中尉が続いた。

二機のＦ４Ｆは、フル・スロットルの爆音を轟かせながら滑走路を駆け抜け、空中に舞い上がる。

高度計の針が一万フィートを示したとき、ブロックのレシーバーに、指揮所からの声が入った。

「『主人（マスター）』より『猫（キャッツ）』。『鼠（ラット）』の現在位置、タクロバンよりの方位一一〇度、四〇浬」

「ヨークタウン」航空隊（エア・グループ）の隊長オスカー・ペダーソン中佐の声だ。乗艦沈没後、駆逐艦に救助され、他の「ヨークタウン」乗員と共に、ダバオに移動したのだ。

現在は、ダバオ湾に浮かぶ重巡洋艦「ルイヴィル」の艦上で航空作戦の指揮を執っている。

同艦は旧式だが、対空レーダーを装備しており、臨時の指揮所となっていた。

「『キャッツ』了解」

ブロックはペダーソンに返答し、機首を一一〇度、すなわち東南東に向けた。

「ラット」とは、日本軍の偵察機に対するアジア艦隊の符丁（ふちょう）だ。

パラオ諸島の飛行場を拠点にしているらしく、ダバオ周辺には、これまでに二度飛来した。

アジア艦隊は日本軍に所在を知られないため、対空レーダーや地上の監視員による早期発見に努め、飛来した偵察機を全て撃墜した。

モロ湾の上空まで行き着けたベティやネルは、一機もない。

ただ、特定の空域で偵察機の喪失が相次（あいつ）げば、日本軍も疑いを持つはずだ。

アジア艦隊が、いつまで隠れられるかは分からなかった。

「『キャット１』より『２』。一万五〇〇〇（フィート）まで上がる。付いて来い！」

「高度一万五〇〇〇。『キャット２』了解」

ブロックの命令に、アスティンが復唱を返す。

二機のＦ４Ｆは機首を上向け、上昇を開始する。

バーボン・ウイスキーの樽を思わせる胴体を持ち、お世辞にもスマートとは言えないF4Fだが、一九四一年時点の艦上戦闘機としては、満足できる性能を持っている。

リンガエン湾の上空では零戦に苦戦を強いられたが、あれは数の上で不利だったことが原因だ。互角の条件で戦えば、負けることはないと思っていた。

「敵との距離二五浬……二〇浬……」

レーダーに映った反射波を元に、ペダーソンが報せて来る。

まだ、敵機を目視できる距離ではない。前方に見えるものは、亜熱帯圏の強い日差しと青空、ところどころにかかるちぎれ雲だけだ。

「ジャスト！　機影が重なった！」

「『キャット1』より『2』。針路二八五度！」

ペダーソンが叫んだところで、ブロックはアスティンに命じた。

東南東に向かっていたF4F二機が左に急旋回し、西北西に機首を向ける。

ブロックは、下方を見た。

周囲に敵機が見えないところから、自分たちの方が高い位置を占めていると睨んだのだ。

すぐには、敵機を発見できない。

ブロックは上方、次いで左右を見る。

頭上にも、左右にも、日本機の姿は見当たらない。

見落としたのか。それとも、敵は高高度を飛んでいるのか。

「小隊長、下です！　左前下方！」

アスティンの叫び声が、レシーバーに響いた。

ブロックは、今一度下方に視線を転じた。

小さな影が、視界に入って来た。

距離があるためだろう、辛うじて飛行機であることが分かる程度だ。

「『キャット2』急降下だ！　『ラット』は、低空から来やがった！」

ブロックは一声叫び、操縦桿を左に倒した。

F4Fが左に横転し、左の翼端を先にして、降下に転じる。

高度計の針が、一万五〇〇〇フィートからみるみる下がり始め、眼下の機影が拡大する。

(盲点を突かれた)

敵機を睨み据えながら、ブロックは口中で呟いた。

パラオからやって来る偵察機の中に、一万フィート以下の高度から侵入を図った機体はない。

全般的に、高度を高めに取る機体が多く、中には二万五〇〇〇フィートの高高度から飛来した機体もあった。

このため、VF3、VF5のF4Fも、一万フィートから一万五〇〇〇フィートの高度で敵機を待ち構えるのが通例になっていた。

敵機はその裏を掻いて、低空から潜り込むように接近して来たのだ。

「『マスター』より『キャッツ』、『ラット』が増速した！」

ダバオ基地のレーダーが敵機の動きを捉えたのだろう、ペダーソンが報せて来る。

「『キャッツ』了解！」

ブロックも叫び返し、前下方に見える敵機に突進する。

八〇〇〇フィートまで降りたところで、敵機の形状がはっきりし始めた。

胴体は、葉巻のような形だ。エンジンは両翼に各一基。

速度性能は、ヴァルやケイトより高いようだ。現在の時速は、四五〇キロ前後と見積もられる。

おそらくベティ——ネルの後継機として配備が始まった、中型爆撃機であろう。

距離が詰まるにつれ、機体が拡大する。

主翼に描かれたミートボール・マークや、胴体上面、尾部の旋回機銃までが見え始める。

「『キャッツ』急げ！」

ペダーソンが叫ぶ。

モロ湾で待機する艦艇群を目撃され、報告電を打たれたら、アジア艦隊は日本軍に所在地を知られることになる。

「『キャット1』了解！」

ブロックは応答を返しながら、ベティとの距離を詰める。

「喰らえ！」

怒声と共に、発射ボタンを押す。両翼に発射炎が閃き、ブローニング一二・七ミリ機銃四丁から、青白い火箭が噴き延びる。

一二・七ミリ弾の長槍が、見事に敵機を貫くか、と期待したが、そうはならなかった。

ベティは右に大きく機体を振り、ブロック機の射弾をかわしたのだ。

「逃げるな！」

罵声を浴びせながらも、ブロックはベティとの距離を詰めた。

ベティの胴体上面と尾部に発射炎が閃き、真っ赤な火箭が突き上がった。

多数の曳痕がブロック機の右側を通過し、胴体下面から打撃音が伝わる。二、三発喰らったが、貫通はないようだ。

ブロックは、二度目の一連射を浴びせた。

ベティは、今度は左に回避した。

青白い曳痕の連なりが、ブロック機を左から追い抜き、ベティの胴体に突き刺さった。

「うまいぞ、アスティン！」

ブロックは、部下の名を呼んだ。

二番機のアスティンは、ベティが回避する方向を見定め、射弾を浴びせたのだ。

ベティは火を噴いていないが、胴体上面の機銃が沈黙している。アスティンの一連射が、機銃座を破壊したのだ。

ベティは、なおも抵抗を試みる。

尾部銃座から放たれる火箭が、右に、左にと振り回される。

Ｆ４Ｆを搦め捕ろうとしているというより、射手が恐慌状態に陥り、闇雲に機銃を振り回しているようにも感じられた。

「悪あがきはよしやがれ！」

叫び声を叩き付けると共に、ブロックは一連射を放った。

今度は狙い過たず、ベティの右主翼に命中した。翼内の燃料タンクを貫いたのか、炎が大蛇の舌のように這い出し、燃え広がり始めた。

アスティンが止めの一撃とばかりに、左主翼に射弾を浴びせる。

こちらは左のエンジンに命中し、炎と黒煙を噴出させる。

ベティは、左右の主翼から炎と黒煙を引きずりつつ、なおも数秒間飛び続けたが、やがて力尽きたように機首を下げ、海面に突っ込んで飛沫を上げた。

墜落した場所から黒煙が立ち上ったが、機体が沈むことで火災が消し止められたのだろう、海に吸い込まれるように消えた。

「目撃者は消せ、だ。分かったか、ジャップ」

その言葉を海に投げかけたとき、ペダーソンの声が届いた。

「『マスター』より『キャッツ』。一瞬だが、本艦の通信室が、撃墜した敵機からの通信をキャッチした。『ラット』の口は、完全には封じられなかったようだ」

アジア艦隊司令長官ウィルソン・ブラウン大将の下にも、同様の報告が届けられていた。

「我が艦隊の所在地は、敵に知られただろうか？」

ブラウンの問いに、情報参謀のジョナサン・フィールディング中佐が答えた。

「Ｆ４Ｆは、敵機をモロ湾の手前で墜としています。アジア艦隊の所在地までは知られていないと考えます。傍受された敵信は、『我、敵機と交戦中』といった内容だと推測されます」

続けて、航空参謀のトーマス・Ｌ・ヘインズ中佐が発言した。

「敵の立場で考えた場合、偵察機が未帰還になったという事実から、アジア艦隊の所在地を割り出そうとする可能性があります。偵察機が未帰還になれば、その機体の受け持ちエリアに敵の有力な部隊がいると考えるのが自然です」

「モロ湾に、ベティやネルの大編隊が来襲する、ということか？」

「最悪の場合には、その可能性もあります」

「トラックの太平洋艦隊が探ったところによれば、パラオには、ベティとネルを合わせて一〇〇機以上が展開しているとのことです」

フィールディングが言った。

「一〇〇機か……」

ブラウンは、しばし瞑目した。

ダバオに展開するＦ４Ｆは二七機。

敵に護衛戦闘機が付かなかったとしても、一〇〇機以上のベティやネルを防ぐのは至難だ。

「この際、最悪の事態を想定して行動すべきと考えます」

参謀長のハーラン・Ｆ・エリクソン少将が言った。

「フィリピンから脱出すべきだと言うのかね？」

「アジア艦隊の艦艇と将兵を救うには、それがベストと考えます」

「しかし、独断で動くわけには……」

ブラウンはしばし口ごもった。

アジア艦隊がマニラのキャビテ軍港を放棄した後、フィリピンを巡る戦況は、悪化の一途を辿っている。

日本軍の地上部隊は、ルソン島北西岸のリンガエン湾より大挙上陸し、マニラに向かって進撃を開始した。

上陸の阻止を図ったＴＦ14——軽巡洋艦三隻、駆逐艦八隻も護衛部隊に叩きのめされ、輸送船団には全く手が出せなかった。

マニラは無防備都市（オープン・シティ）を宣言して、戦うことなく白旗（しろはた）を掲（かか）げ、極東陸軍はバターン半島とコレヒドール島に籠城（ろうじょう）している。

陸軍部隊が籠城策を採ったのは、アジア艦隊の反撃か、太平洋艦隊の来援（らいえん）を期待してのことであろうが、現実にはどちらも不可能だ。

アジア艦隊は一連の海戦で大きな被害を受け、モロ湾に隠れ潜む状態だ。

太平洋艦隊は、日本軍に補給線を攻撃され、トラック環礁で足止めを食っている。

極東陸軍の最高責任者――軍司令官のダグラス・マッカーサー大将は「バターン、コレヒドールは、決して陥落しない」と豪語しているが、それが根拠のない強がりでしかないことは、当人にも分かっているはずだ。

この状況下、ブラウンは本国（ステーツ）の作戦本部に、フィリピン撤退の許可を繰り返し求めた。

貴重な艦と将兵を救いたい。自身の地位など二の次だ。そう覚悟した上での具申だった。

だが、本国からの回答は未だに来ない。

アジア艦隊の責任者としては、動くに動けないのが実情だった。

「作戦本部も、独断ではアジア艦隊の撤退を決められないのかもしれぬ。アジア艦隊の動きには、フィリピンの放棄という重大問題がかかっている。作戦本部だけではなく、統合参謀本部、ひいては大統領の承諾も必要となる。作戦本部も、大統領や統合参謀本部と、現場で戦う者の板挟（いたばさ）みとなって、身動きが取れないのではないだろうか？」

ブラウンの言葉を受け、エリクソンは言った。

「長官にお考えいただきたいのは、現場で身体を張って戦う者のことです。戦場となっているのは、ワシントンではありません。今、我々がいる、このフィリピンです」

「独断で、フィリピンから撤退しろと言いたいのかね？」

「アジア艦隊の艦艇と将兵を救うには、それが最善だと考えます。本国からの命令を待っても、状況が好転するとは考えられません」

「……本国に今一度撤退を具申し、回答の期限を切ろう」

ブラウンは、考えた末に断を下した。

ブラウン自身は撤退に向け、大きく心が傾いているが、独断で撤退を決めることには、やはり迷いがあった。

「作戦本部に、今一度撤退の許可を求める。明日二四時までに回答がない場合には、アジア艦隊は独自の判断にて最善と考えられる行動を取る、との一文も添える」

2

「米アジア艦隊はフィリピン南部、より具体的にはミンダナオ島に潜んでいると推測します」

第二四航空戦隊の首席参謀森実中佐は、断定口調で言った。

パラオ諸島のコロール港に停泊している第四艦隊旗艦「鹿島」の作戦室だ。

司令長官井上成美中将以下の第四艦隊司令部幕僚が参集している。

第四艦隊は開戦時、トラック環礁に司令部を置いていたが、同地が米軍の奇襲を受けたとき、パラオに脱出した。

以後はパラオを新たな拠点として、パラオ、マリアナ両諸島の防衛に当たっている。

パラオには、開戦前から第二四航空戦隊が配備されていたが、第四艦隊の移動後、新たに第二六航空戦隊が増強された。三沢航空隊と木更津航空隊の九六陸攻七二機、第六航空隊の零戦三六機から成る部隊だ。

二四航戦はフィリピン方面、二六航戦はトラック方面をそれぞれ担当し、米軍の動きを探っていたが、この日――一一月一三日、二四航戦が第四艦隊司令部に重要な情報をもたらしたのだ。

「根拠は？」

「索敵機より届いた報告電です」

参謀長矢野志加三大佐の問いに、森は即答した。

この日、ペリリュー島の基地からフィリピンに飛んだ一式陸攻の八号機が未帰還となった。

同機は消息を絶つ直前、「我、敵機ト交戦中」とのみ、発信している。

そこまで打電したところで、被弾によって無線機を破壊されるか、撃墜されたものと考えられる。

八号機が受け持っていた索敵線は、ペリリューより二七〇度から二五五度の間だ。ミンダナオ島の南部が、索敵線内に含まれる。

一式陸攻の巡航速度から計算して、報告電を打電したときには、ダバオの近くを飛行していたと見積もられる。

八号機は、ミンダナオ島上空に差し掛かったところで、敵戦闘機に撃墜されたのではないか、と森は推測を述べた。

「森参謀の主張には飛躍があるな。索敵機一機が未帰還になっただけで、米アジア艦隊の所在地までが分かるものだろうか？」

第四艦隊首席参謀川井巌大佐の意見に対し、森は反論した。

「推測の根拠は、陸攻八号機が未帰還となったことだけではありません」

ミンダナオ島の周辺では、これまでに二度――一一月八日、一〇日に、索敵機が未帰還となっている。どちらも報告電を打たぬまま、消息を絶ったのだ。

同じ場所で複数の索敵機が未帰還となるのは、ただの偶然とは考えられない。

米アジア艦隊が同地に潜み、飛来する索敵機を撃墜しているのではないか。

「索敵機が消息不明になったという事実から分かるのは、ミンダナオ島、特にダバオの周辺における米軍の警戒態勢が、極めて厳重であることだ。ダバオの周辺、もしくはダバオ以西に、見られてはならないものが存在すると考えれば、米軍の警戒ぶりにも頷ける」

　黙って聞いていた井上が、初めて口を開いた。

「米アジア艦隊に、空母はありません」

　川井が言った。

　米アジア艦隊に配備されていた二隻の空母は、一〇月二五日のルソン沖海戦で、第三艦隊が撃沈している。

　同海戦終了後、アジア艦隊に新たな空母が配備されたとの情報もない。

　アジア艦隊の頭上を守る航空兵力はどこにあるのか、と川井は思ったようだ。

「考えられる可能性は二つです。第一に、空母艦上機の生き残りがアジア艦隊と行動を共にし、ダバオの飛行場から作戦行動を行っている場合。第二に、米陸軍航空隊の生き残りがダバオに移動し、アジア艦隊に協力している場合です」

　森は応えた。

「通信参謀、GF司令部に打電してくれ。『米アジア艦隊ハ〈ダバオ〉乃至其周辺ニ潜ム可能性有リ』と。ダバオ周辺で、索敵機三機が未帰還となったことも併せて報告するんだ」

　井上は、通信参謀の岡田貞外茂少佐に命じた。

　第四艦隊は開戦前、トラック、マーシャルに迫る米艦隊を発見できず、これらの根拠地を失陥するという失敗を犯している。

　それだけに、敵の動きには敏感になっている。

「GFへの報告は、米アジア艦隊の位置を突き止めてからの方がよろしいのでは？」

　矢野の問いに、井上は答えた。

「敵の動きを見落とすよりは、多少曖昧な情報であっても、GFに伝えた方がよい。後は、山本長官が判断される」

「アジア艦隊がミンダナオ島にいるとの断定は、現時点ではできない。だが、彼らがフィリピンのどこか、それも中部以南に潜んでいることは確かだ。問題は、彼らが今後、どのように動くかだ」

　連合艦隊旗艦「赤城」の長官公室に参集した幕僚たちの前で、山本五十六司令長官ははっきりした口調で言った。

　山本の下にはたった今、第四艦隊司令部からの報告電が届けられたのだ。

　折から定例の作戦会議を行っている最中だったため、議題は直ちに、米アジア艦隊への対処に切り替えられた。

「彼らが反撃のため、ルソンに打って出る可能性は乏しいと考えます」

　黒島亀人首席参謀が、真っ先に発言した。

「アジア艦隊の指揮官にその腹づもりがあるなら、リンガエン上陸作戦の折に、主力の戦艦部隊を繰り出して来たはずです。ですが、リンガエンの我が軍上陸地点に夜襲をかけて来たのは、巡洋艦と駆逐艦を合わせて一〇隻程度の小規模な部隊でした。アジア艦隊の指揮官は、既にルソン救出を断念しているのではないでしょうか？」

「ルソンへの反攻の可能性がないのであれば、米アジア艦隊の作戦目的は、二つが考えられる。第一に、フィリピン南部の防衛。第二に、フィリピンからの脱出と太平洋艦隊への合流だ」

　山本は、幕僚全員の顔を見渡した。

　海軍大学で口頭試問を実施する試験官のような表情だった。

「第二の道、すなわちフィリピン脱出を選ぶ可能性が高いと考えます」

　三和義勇作戦参謀が応えた。慎重に言葉を選んでいる口調だが、迷いはない様子だった。

「我が軍は先のルソン沖海戦で、戦艦二隻を撃沈し、四隻を撃破しました。残存する戦艦は三隻であり、空母もありません。巡洋艦、駆逐艦はある程度残っていますが、数の上では問題になりません。この戦力でフィリピン南部を死守しようとしても、じり貧となるだけです。アジア艦隊の指揮官は、壊滅よりもフィリピンから脱出し、戦力を保全する道を選ぶと推測します」

三和に続いて、榊久平航空参謀が発言した。

「作戦参謀に賛成します。ルソン島以外のフィリピン各島には、艦隊の戦力維持に不可欠の港湾施設が不足しています。ダバオであれば比較的設備が整っていますが、マニラ近郊のキャビテ軍港には遠く及びません。また、キャビテ以外の港には、艦船用燃料の備蓄も不充分です。アジア艦隊がフィリピン南部の防衛態勢を取っても、朽ち果てるだけに終わります。アジア艦隊の指揮官も、そのことは理解しているでしょう」

「航空参謀らしからぬ意見だな。筋は通っているが」

山本が小さく笑った。

榊は航空機の専門家として助言を行うために、連合艦隊司令部に所属している。その榊が、港湾施設や燃料補給といった面から意見を述べたのは意外だったようだ。

「アジア艦隊の指揮官は、トラックの太平洋艦隊が救援に来ると信じているのではないでしょうか。だとすれば、今しばらくフィリピンで待機を続ける可能性もあるのでは？」

大西滝治郎参謀長の意見に対し、山本が言った。

「太平洋艦隊も、アジア艦隊に対して、ある程度の情報を知らせているはずだ。我が軍が補給線を脅かしているため、トラック以西に進撃できないとの実情を。アジア艦隊の指揮官は、自分たちの力だけで状況を打開しようと考えるのではないかな？」

「長官も、アジア艦隊がフィリピンからの脱出を図ると考えておいでですか？」

大西の問いに、山本は「うむ」と頷いた。

「航空参謀の意見にもあったが、フィリピンにおける米軍の中心地はルソン島だ。米陸軍も、航空部隊も、そして米アジア艦隊もルソン島、特にマニラ近郊に兵力と基地施設を集中した。そのルソン島を放棄すれば、艦隊が立ちゆかなくなるのは自明だ。アジア艦隊の指揮官は、いずれ太平洋艦隊が救援に来ると信じて待機を続けたが、そろそろ限界が来たと考えているだろう」

「となりますと、アジア艦隊に引導を渡すべきでしょうな」

黒島がニヤリと笑い、壁に貼られている艦隊の編成図を見やった。

「アジア艦隊が太平洋艦隊に合流すれば、厄介なことになります。フィリピンにいる間に、撃滅しなければなりません」

三和が黒島に同調し、戦務参謀渡辺安次中佐、水雷参謀有馬高泰中佐といった人々も、賛意を表明した。

「第三艦隊を、ミンダナオ島沖に派遣しますか？」

大西が山本に聞いた。

第三艦隊隷下の各航空戦隊のうち、第二、第三の両航空戦隊は、艦上機の補充と艦の整備のため、一旦編成から外れたが、新鋭空母の「翔鶴」「瑞鶴」で編成された第五航空戦隊が第三艦隊に配属されている。

「三艦隊をミンダナオに派遣するより、アジア艦隊が脱出して来たところを叩く方が得策と考えます。ミンダナオであれば、母艦航空隊は、同地の敵航空部隊と交戦する可能性がありますが、洋上であれば、攻撃隊は敵戦闘機の妨害を受けることなく、敵戦艦を叩けます」

榊の意見に、三和が賛成した。

「アジア艦隊を洋上で捕捉できれば、三艦隊の他、パラオの基地航空兵力も攻撃に参加できます。アジア艦隊を、確実に殲滅できます」

「いいだろう。今日にでも、第三艦隊をパラオに向かわせよう」

　山本が頷いた。

　気に入った、と言いたげだった。

「よろしいでしょうか?」

　黒島が発言許可を求めた。

「三艦隊とパラオの基地航空隊だけで、アジア艦隊を撃滅できるとの保証はありません。第三艦隊と共に、砲戦部隊も出撃させてはいかがでしょうか?」

3

「まるで脅迫だな」

　海軍長官フランク・ノックスは困惑したような表情を浮かべて、作戦本部長ハロルド・スタークに言った。

　アメリカ合衆国の首都ワシントンにある海軍省の長官室だ。

　ノックスの執務机には、アジア艦隊司令長官ウィルソン・ブラウン大将から送られた電文が置かれている。

　アジア艦隊司令部からの申し入れについては、作戦本部の一存では決められないため、スタークは海軍省を訪れ、ノックスに会談を求めたのだ。

「アジア艦隊の、フィリピンからの撤退を許可されたし。明日二四時までに回答なき場合には、アジア艦隊は独自の判断にて最善と考えられる行動を取る、か。作戦本部に対して、ここまで強気の態度を取れるとはな」

「強気と言うより、切羽詰まっているのでしょう。自身の予備役編入を覚悟しなければ、これほど思い切った要求はできません。ブラウンは、合衆国海軍における自身の未来を擲ってでも、アジア艦隊の残存艦艇と将兵を救いたいのでしょう」

　スタークは言った。

　モロ湾に後退したアジア艦隊の窮状や、太平洋艦隊の救援が思うに任せないことは、前線からの報告によって把握している。

　太平洋艦隊のキンメル司令長官も、「アジア艦隊をフィリピンから撤退させてはどうか」との意見具申を繰り返し送っている。

　強気の人物であるブラウンにとり、撤退を申し出るのは、苦渋の決断だったのだろうと思う。

　ノックスは、失望したような表情を浮かべた。

「日本海軍など、アジア艦隊の力だけで撃滅できる。開戦前には、貴官も、ブラウンもそう豪語していたではないか。それが壊滅寸前とは、どういうわけかね？　日本海軍に対する過小評価が原因か？」

「我が軍が過小評価していたのは、日本海軍ではなく、彼らの戦術思想に対してでしょう」

　同席していた海軍次官のジェームズ・フォレスタルが発言した。

　民間企業との交渉、艦船の建造、兵器の生産等について、ノックスを補佐している軍官僚だ。

　戦艦よりも航空機を重視する傾向が強く、ノックスやスタークとは意見が対立することもあるが、その人脈と事務処理能力の高さは余人を以て代え難く、海軍省には不可欠の人材だった。

「日本海軍は建艦競争に敗北した後、大艦巨砲主義から航空主兵主義に転換し、航空兵力の拡充に邁進しました。結果、日本海軍は、戦艦の数では合衆国海軍に遠く及ばぬものの、他の艦種については充実した戦力を保有しています。一方、我が合衆国海軍は、戦艦、巡洋戦艦の保有数では世界最多を誇り、個艦性能でも世界最強と言っていいサウス・ダコタ級六隻を完成させました。戦艦の戦力では、日本海軍を圧倒していることが、彼らに、というより、彼らが採用している航空主兵主義に対する侮りに繋がったのではないか、と私は考えております」

「航空主兵主義が正しかったと言いたいのかね？」

　スタークの問いに、フォレスタルは答えた。

「現実にアジア艦隊の戦艦、特に合衆国海軍が誇るサウス・ダコタ級が、何隻も航空攻撃によって、大きな損傷を受けています。航空機が戦艦を沈めた実績はありませんが、傷つけた実績はあります。航空主兵思想が間違っていたとは言えますまい」

「合衆国海軍とて、空母と航空機を軽視していたわけではないと考えるが」

「残念ですが、空母と航空機は軽視されていたと指摘せざるを得ません」

フォレスタルは、強い語調で言い切った。

スタークが気色ばんだが、ノックスが抑えた。

「続けたまえ」

と、フォレスタルに発言を促した。

「海軍の予算を概観すれば分かりますが、艦艇の建造、及び維持に関する予算は、戦艦、巡戦に関連するものが過半を占めており、他の艦種や航空機がそのしわ寄せを受けています。結果、空母や駆逐艦、潜水艦の数が不充分となるだけではなく、航空機の生産や航空機クルーの養成にも影響が生じております」

「戦艦、巡戦の関連予算が多いことは、確かに認めざるを得ないが……」

ノックスが、歯切れの悪い口調で言った。

フォレスタルは、事実だけを淡々と述べる口調で続けた。

「アジア艦隊には、空母を二隻だけしか配備できなかったことが、空母軽視の思想を物語っています。その二隻が日本艦隊によって撃沈された後、アジア艦隊の戦艦群は、日本軍の艦上機に蹂躙されることになったのです。リンガエン湾海戦、マニラ湾口海戦の敗因が、空母と航空機の不足にあったことは明らかです。合衆国の海軍行政は、大艦巨砲主義に基づいており、戦艦重視を基本としておりましたが、現状では重視を通り越し、偏重と呼ぶべきものになっています。アジア艦隊の苦境は、海軍行政の歪みが生み出したものだと言わざるを得ません」

「貴官も、その海軍行政を担う立場ではないか」

何を他人事のように――そう言いたげなスターク

に、フォレスタルは応えた。

「私はニューヨーク条約の失効以前から、戦艦よりも空母の建造と航空機の生産を優先すべきと主張して来ました。私だけではありません。作戦本部や前線部隊の指揮官にも、同様の主張をして来た者は少なくないと聞いております」

スタークは、沈黙を余儀なくされた。

次官の正しさは認めざるを得ない。

作戦本部の参謀、空母の艦長、飛行長、海兵隊航空部隊の指揮官には、

「戦艦よりも、空母の建造と航空機の増産を」

「新鋭戦艦を建造する予算で、空母か駆逐艦を作るべきだ。戦艦一隻の予算で、空母なら二隻、駆逐艦なら一〇隻を建造できる」

と主張する者が少なくないのだ。

海軍省はそれらの声を無視し、新鋭戦艦の建造を優先したが――。

「次官は、海軍の建艦計画を今からでも見直すべきだと主張したいのかね？　戦艦の建造を中止し、空母と航空機の増産に励むべきだと？」

ノックスの問いに、フォレスタルは感情のこもらぬ声で答えた。

「建艦計画の見直しについては、今この場で討議する内容ではありません。私は、長官が提起された疑問にお答えしただけです。――アジア艦隊が、壊滅寸前の状態に追い込まれた根本原因を」

長官室が、しばし静寂に支配された。

ドアの向こうからは、省内のざわめきが伝わって来るが、ノックスも、スタークも、新たな言葉を発しようとしない。

ノックスは軍政のトップであり、スタークは軍令のトップだ。その二人を前に、堂々と海軍行政を批判したフォレスタルの態度に、気圧されていたのだ。

「……建艦計画については別の機会に再検討するとして、当面の問題はアジア艦隊の救援です。より具体的には、フィリピンからの撤退を認めるか否か、

です」

沈黙を破ったスタークに、ノックスは殊更ゆっくりと答えた。慎重に言葉を選んでいるような口ぶりだった。

「アジア艦隊の撤退は、フィリピンの喪失に直結する。ことは重大であり、海軍だけで決定できる問題ではない。今から私と貴官で、大統領閣下に会見を申し入れよう。閣下のお考えを聞いた上で、アジア艦隊に回答を送るのだ。ブラウンが指定した期限までには間に合うだろう」

4

「作戦本部が、ようやく決断した」

アメリカ太平洋艦隊司令長官ハズバンド・E・キンメル大将は、第二任務部隊司令官ウィリアム・ハルゼー少将に言った。

この時点でキンメルは、旗艦を戦艦「ペンシルヴエニア」に変更している。三五・六センチ砲装備の旧式艦だが、通信設備は充実しており、太平洋艦隊の指揮を執るのに不足はない。

新たな旗艦の長官公室にはハルゼーの他、太平洋艦隊参謀長ウィリアム・スミス少将、首席参謀チャールズ・マックモリス大佐らが同席していた。

「アジア艦隊をフィリピンから脱出させ、トラックまで回航する。アジア艦隊の艦艇群は、トラックに到着した後、再編成を実施し、修理の必要な艦は本国に帰還させる」

「アジア艦隊を脱出させるとなりますと、海軍だけでは収まりませんな。本国政府が、フィリピンの放棄を決断したということでしょうか？」

ハルゼーの問いに、キンメルは頷いた。

「太平洋艦隊に届いた命令電の中では、そのことは明言されていないが、状況を考えれば、貴官の言う通りだろう」

（本国も、合衆国海軍も、日本海軍の力を見誤っ

ていた）

キンメルの脳裏には、苦い思いがある。

海軍兵力、特に主力となる戦艦では、合衆国海軍が日本海軍を圧倒していた。

開戦前、日本海軍の戦艦は一一隻だったが、太平洋艦隊の戦艦、巡洋戦艦は一四隻、アジア艦隊の戦艦は九隻だ。

四〇センチ主砲の搭載艦だけに絞れば、差は更に拡大する。

日本軍の四〇センチ砲搭載艦は「赤城（アカギ）」「長門（ナガト）」「陸奥（ムツ）」の三隻だけだが、太平洋艦隊、アジア艦隊の四〇センチ砲搭載艦は一六隻だ。うち、サウス・ダコタ級戦艦、レキシントン級巡洋戦艦は、五〇口径の長砲身砲を装備しており、一発当たりの破壊力でも、日本戦艦を凌（しの）いでいる。

「艦隊決戦になれば、アジア艦隊だけで日本海軍の連合艦隊（コンバインド・フリート）を打倒して御覧（ごらん）に入れますよ」

アジア艦隊の司令長官に任じられたウィルソン・ブラウン大将は、そう豪語してフィリピンに向かったほどだ。

そのアジア艦隊が危機に瀕している。

リンガエン湾、マニラ湾口の二度の海戦で、世界最強を誇ったサウス・ダコタ級戦艦六隻のうち、二隻を失い、三隻に大きな損害を被（こうむ）った。

その後は反撃に転じることもできず、フィリピン南部のモロ湾にこもり、太平洋艦隊の来援を待つだけとなった。

合衆国でも最強の戦艦を配備されたアジア艦隊が、ここまで惨めな状態になるとは、司令長官のブラウンも予想外だったであろう。

本国政府や海軍中央の、日本に対する認識の誤りが、今日（こんにち）の事態を招いたのだ。

「私が呼び出された理由は、想像がついています」

ハルゼーがニヤリと笑った。

合衆国海軍でも、特に勇猛な指揮官として知られた男だ。闘志（ファイティング・スピリット）を、そのまま象（かたど）ったような顔の持ち主でもある。

　これから始まろうとしていることへの期待が、その笑顔に溢(あふ)れていた。

「TF2を率いてアジア艦隊の撤退を援護せよ、ですな?」

「その通りだ」

　キンメルが頷き、スミス参謀長が後を続けた。

「アジア艦隊がフィリピンからトラックに向かうためには、パラオ諸島の近海を通らねばなりません。ですがパラオには、日本海軍の航空部隊が展開しております。空母を持たないアジア艦隊が空襲を受ければ、かなりの損害が生じることが予想されます」

「TF2の艦上機隊を以てアジア艦隊の頭上を守れ、と?」

「おっしゃる通りです」

「そんな消極策でどうする。攻撃こそは最大の防御だ。パラオにいるジャップの航空隊がアジア艦隊に手を出す前に、綺麗(きれい)さっぱり片付けてやるさ」

　ハルゼーは、小馬鹿(こばか)にしたように鼻を鳴らした。

　TF2は、三隻の空母を擁している。ヨークタウン級空母の「エンタープライズ」「ワスプ」「プリンストン」だ。

　ニューヨーク軍縮条約の制限下で建造された中型空母だが、搭載機は三艦合計で二六四機を数える。

　太平洋艦隊の情報部が探ったところによれば、パラオには、ベティとネルを合わせて一〇〇機以上が展開しているが、ジークは七〇機程度だ。

　数の力で圧倒できる、とハルゼーは胸を張った。

「TF2の敵は、パラオの航空部隊だけではありません。日本近海で敵情を探っている潜水艦が、昨日午後、日本艦隊二部隊が豊後水道(ブンゴ・チャンネル)を通過して外海に出たと報告しています。一隊は空母を中心とした機動部隊、もう一隊は戦艦を中心とした砲戦部隊です。敵の目的は不明ですが、アジア艦隊脱出の動きを察知し、これを捕捉撃滅するために出撃した可能性が考えられます」

　スミスの言葉を受け、ハルゼーの顔から笑みが消えた。

「空母の数は分かるか？」

「四隻乃至五隻とのことです」

「面白い」

　ハルゼーの目が、窓から差し込む陽光を反射して光ったように見えた。

　これまで以上に、闘志を前面に剝き出している。喧嘩好きの本領を現したかのようだ。

　海軍の提督と言うより、荒くれ者揃いの海兵隊員を連想させる顔つきだった。

「パラオの基地航空隊ばかりではなく、ジャップの機動部隊をも叩き潰す機会をくれるとはな。粋な計らいに感謝しますぜ、長官」

　合衆国海軍は、一〇月二五日のリンガエン湾海戦で、空母同士の戦いを経験している。

　このときの戦闘は一方的なもので、アジア艦隊の指揮下にあった二隻の空母「ヨークタウン」と「ホーネット」は、日本艦隊に向けて攻撃隊を出撃させる暇もなく、多数のヴァルとケイトに雷爆撃を受けて撃沈された。

　そのときのお返しをしてやる、とハルゼーは意気込んだ様子で言った。

「貴官の勇猛さは誰もが認めるところだが、大丈夫かね？」

　キンメルは聞いた。

　日本艦隊の空母は四隻乃至五隻。ＴＦ２よりも優勢だ。

　それに加えて、パラオの基地航空隊を相手取らねばならない。

　キンメルは、合衆国海軍の主流派である大艦巨砲主義の信奉者であり、航空戦の専門家ではないが、ＴＦ２が厳しい戦いを強いられるであろうことは容易に想像できる。

「ジャップの機動部隊と基地航空隊を同時に敵に回すほど、私も無謀ではありませんよ。トラックとパラオの距離から考えて、我がTF2の方が、先にパラオに到達できるはずです。まずパラオの敵飛行場、次いで敵機動部隊の順で叩けば、勝機は見出せるでしょう」

「各個撃破の要領だな」

キンメルは頷いた。

「いいだろう。貴官が、アジア艦隊を連れてトラックに無事帰還することを期待している」

「ただ……砲戦部隊まで叩ける余裕はないかもしれませんな。そちらは、アジア艦隊に自力で撃退して貰う必要があるでしょう」

「その点については、心配ない。TF2とは別に、戦艦中心の任務部隊を編成し、出撃させる」

キンメルはニヤリと笑った。

「私が『アラバマ』から『ペンシルヴェニア』に将旗を移したのも、それが理由なのだ」

5

マニラ湾は、闇の底に沈んでいた。

海面に光はなく、波も静かだ。

三週間前、湾口付近で、戦艦を含んだ艦隊の激しい戦闘が繰り広げられたとは、信じられないほどだった。

アメリカ合衆国海軍のカタリナ飛行艇は、湾口の北側を目指して、ゆっくりと高度を下げた。

開戦時、キャビテ軍港に隣接していたマニラ水上機基地に配備されていたカタリナの一機だ。水上機も、飛行艇も、空襲によってほとんどが破壊されたが、一部は日本軍の侵攻前に脱出している。

この日——一一月一四日、マニラ湾口に飛来したカタリナもそれらの一機で、ミンダナオ島のダバオを拠点に、周辺海域の対潜哨戒や、フィリピンに残存する合衆国軍各部隊との連絡に従事していた。

「マニラに往時の光なし、か」

　機長と操縦士を兼ねるウォルター・マドセン大尉は、マニラ湾の奥を見やった。

　フィリピンの行政の中心地であるマニラは、かつては活気に溢れた街であり、マラテ・エルミタの歓楽街などは不夜城さながらの姿を見せていたが、今はマッチの火ほどの光もない。

　日本軍がマニラ全市を軍政下に置き、夜間の外出制限を行うと共に、灯火管制を行っているのだろう。

「左前方、バターン半島」

　副操縦士席に座るショーン・ギャスケル少尉が、注意を喚起した。

　マドセンは、左前方に視線を向けた。

　地上にも、海上にも、光は全くない。

　バターン半島とコレヒドール島に籠城しているアメリカ極東陸軍も、マニラを占領している日本軍同様、厳重な灯火管制を敷いているのだ。

　マドセンは、エンジン・スロットルを絞った。

　海面付近まで舞い降りたとき、前方にバターン半島の稜線がうっすらと見え始めた。

　半島の最南端に位置するマリブルズ湾の奥に機首を向けたとき、底部から衝撃が突き上がり、目の前に飛沫が上がった。

「友軍に通信を送れ。『我、〈渡し守〉。誘導灯を点けられたし』」

　マドセンは、通信士のマイケル・ブリッジス少尉に命じた。

　カタリナから、バターンの極東陸軍に宛てて通信が送られたが、すぐには何も起こらない。

　地上の友軍は、沈黙を保っている。

　二分近くが経過したとき、信号灯が点灯され、大きく円が描かれた。

　海岸に二〇名余りが集まっている様子が、薄ぼんやりと見える。

　マドセンは誘導に従い、海岸の桟橋にカタリナを近づけた。

艇から投げられたロープを兵士たちが引き、カタリナを桟橋に横付けさせた。

　マドセンは自ら後部キャビンに足を運び、乗降口を開けて敬礼した。

「ＰＢＹ九号機、アジア艦隊司令部の命令により、お迎えに上がりました。本官は、機長のウォルター・マドセン大尉であります」

「御苦労、大尉。私は極東陸軍参謀長のリチャード・サザランド少将だ」

　中肉中背の初老の軍人が、答礼を返した。

　職名と階級を聞いて、マドセンは改めて威儀を正した。

　海軍と陸軍の違いはあれど、少将、それも参謀長の立場にある者に出迎えられるとは思っていなかったのだ。

「アジア艦隊司令部から、話は聞いているかね？」

「重要人物を、バターンからモロ湾までお連れするよう、命じられております。氏名や階級については、軍機扱いとのことで、聞かされておりません」

「準備はいいのか、サザランド？」

　背後から、野太い声がかかった。

　その一言を聞いて、マドセンは「重要人物」の正体を即座に理解した。

　サザランド参謀長を呼び捨てにできる人物は、極東陸軍に一人しかいない。

（確かに重要人物だ。軍機扱いとするのも当然だ）

　腹の底で、マドセンは呟いた。

　兵士たちの後ろから、「重要人物」が進み出た。

　合衆国陸軍の軍服に身を固めた初老の男だ。両目の光と引き締まった口元、胸を反らした姿勢からは、自らの意志を押し通すことに慣れた傲岸さを感じさせる。

　マドセンが直接会うのは初めてだが、報道などで顔と名前は知っている。

　アメリカ合衆国極東陸軍総司令官ダグラス・マッカーサー大将だった。

後ろにも、一〇名以上が待機している。マッカーサーの家族や幕僚であろう。

「この方々を、モロ湾までお連れすればよいのですね？」

マドセンは、確認を求めた。

マッカーサーの名は、敢えて出さない。軍機として扱われている以上、「重要人物」だけで押し通そうと考えたのだ。

サザランドは頷いた。

「くれぐれも、日本軍には捕捉されないようにして貰いたい」

「最善を尽くすとお約束します」

敬礼しながら、マドセンは応えた。

（戦死よりも捕虜となることだろうな、上層部が恐れているのは）

そのように、マドセンは想像を巡らしている。

極東陸軍の総司令官が日本軍の捕虜となった場合の波紋は、容易に想像できる。

日本軍は「マッカーサーは部下を見捨てて逃げ出し、捕虜になった」と大々的に宣伝する。

極東陸軍の将兵は、指揮官に裏切られた怒りと悲しみで、戦意を喪失する。

そうなれば、バターン半島、コレヒドール島が容易く陥落することは間違いない。

合衆国陸軍の歴史にも、消えない汚点を残す。

「後部キャビンにどうぞ、閣下」

マドセンは、初めてマッカーサーに声をかけた。

マッカーサーは鷹揚に頷き、後ろに続く家族や幕僚と共に、カタリナの後部キャビンに乗り込んだ。

「参謀長はお乗りにならないのですか？」

声をかけたマドセンに、サザランドは頷いた。

「私までがいなくなっては、軍の指揮に支障が出る。参謀長としての責任上、最後まで残る」

（フィリピンの陥落を見据えての行動だな）

サザランドの胸の内を、マドセンは推し量った。

バターン半島とコレヒドール島にこもって抗戦を

続けている極東陸軍だが、日本軍を撃退できる可能性はほとんどない。

いずれは食糧、弾薬が尽き、白旗を掲げるときが来る。

日本軍と降伏の条件や捕虜の待遇(たいぐう)について交渉するには、然(しか)るべき階級と立場の人物が当たらねばならないのだ。

「御武運(ごぶうん)を、閣下」

「貴官もな、大尉」

その言葉をサザランドと交わし、マドセンはコクピットに戻った。

カタリナが桟橋から離れ、マリブルズ湾の海面を滑走し始めた。

第四章　パラオ強襲

1

二隻の巨艦は、沈み行く夕陽を背にしていた。

全長二〇八・五メートル、最大幅三二・二メートルの艦体と、前後に二基ずつを背負い式に装備した四〇センチ三連装砲塔は共通しているが、艦橋の形状は異なる。

一隻はビルを思わせる箱形の艦橋を持つが、もう一隻は合衆国戦艦特有の籠マストを持っている。

合衆国戦艦「サウス・ダコタ」と「アイオワ」。

竣工以来、最強の戦艦として列国の戦艦群の頂点に君臨して来たサウス・ダコタ級戦艦二隻が、フィリピン・ミンダナオ島南西部のモロ湾に、その姿を浮かべていた。

日没間際の海面は、燃えるような紅に染まっている。

二隻の戦艦がくぐり抜けた苛烈な戦場の炎や、戦死した乗員の血の色を、象徴するかのようだ。

海そのものが、二隻に火葬を施そうとしているようにも感じられた。

「サウス・ダコタ」と「アイオワ」の手前に、駆逐艦一隻ずつが見える。

距離は一五〇〇ヤードと、非常に近い。

巨艦二隻は、静止状態だ。砲撃であれ、雷撃であれ、外しようがない距離だった。

「『ハンマン』『マスティン』配置に就きました」

アジア艦隊旗艦「ミシシッピー」の艦橋に詰めているウィルソン・ブラウン司令長官に、ハーラン・F・エリクソン参謀長が報告した。

「乗員は、全員退艦しただろうな?」

「『サウス・ダコタ』にも『アイオワ』にも、クルーは一名も残っていません。退艦したクルーは、巡洋艦と駆逐艦に分乗しております」

「いいだろう。始めてくれ」

エリクソンの返答を聞き、ブラウンは頷いた。

「ミシシッピー」の通信室から、駆逐艦「ハンマン」「マスティン」に向けて、「発射」の命令が送られた。

数秒後、両艦から「魚雷発射完了」の報告が返された。

海面は照り返しが強く、魚雷の航跡は見えないが、二艦合計八本のMk15五三・三センチ魚雷が、四五ノットの雷速で海面下を突き進んでいるのは確かな事実だった。

一分余りが経過したとき、「サウス・ダコタ」と「アイオワ」の艦腹に水柱が突き上がった。

両艦共に四本ずつだ。艦首から艦尾にかけて、まんべんなく命中している。

「『アイオワ』沈下が始まりました！」

艦橋見張員が叫んだ。

ブラウンは「アイオワ」を注視した。

「アイオワ」の水線付近が、激しく泡立っている。

艦は右舷側に傾斜し、喫水が徐々に上がっている。

水線下に穿たれた破孔から、大量の海水が奔入しているのだ。

リンガエン湾海戦で雷撃を受けたとき、ダメージ・コントロール・チームが被雷箇所周辺の隔壁を補強して、浸水の拡大を防いだが、その補強箇所も、先の雷撃によって破られたかもしれない。

ブラウンは、双眼鏡の筒先を「サウス・ダコタ」――自身の旗艦として、大将旗を掲げたこともある戦艦に向け直した。

こちらも、「アイオワ」と同様だ。水線付近の海面が、白く泡だっている。

「両艦の艦長は、総員退艦の前に、艦内隔壁の扉を全て開けて来たと報告しております。両艦とも、一、二時間程度で沈むでしょう」

エリクソンが傍らから言った。

「こうなると分かっていたら、マニラ湾で自沈処分にしておくべきだったな。両艦を生き残らせようと腐心し、ここまで回航した努力が、自沈のためでしかなかったとは……」

大きく息を吐き出しながら、ブラウンは言った。

「サウス・ダコタ」「アイオワ」は、リンガエン湾海戦で特に深刻な被害を受けた艦だ。

「サウス・ダコタ」は右舷艦首と左舷中央に魚雷一本ずつを受け、艦首艦底部に約一五〇〇トンと推定される海水を飲み込んだ上、缶室一六基のうち、四基を破壊された。

艦首の被雷と缶室の損傷という二重苦のため、「サウス・ダコタ」の速力は一二ノットまで制限され、他艦への随伴は不可能と判断された。

「アイオワ」は、爆弾二発、魚雷一本の命中により、第三砲塔が旋回不能に陥った上、推進軸一基を切断され、速力は一六ノットにまで低下した。

マニラ湾への帰路、日本艦隊の夜襲を受けたことが、「アイオワ」の傷を更に深めた。

同艦は被雷こそ免れたものの、金剛型の三五・六センチ砲弾により、艦橋トップの射撃指揮所を破壊された上、舵機室にも損傷を受けた。

マニラ湾口海戦が終わった時点では、ブラウンには両艦を処分するつもりはなかった。

「サウス・ダコタ」は、速力を上げすぎないようにすれば、浸水の拡大はないし、「アイオワ」も人力操舵が可能だ。

トラックまでの回航は可能だ。

そのように考え、キャビテ軍港から退去したときに、両艦を伴った。

だがモロ湾に到着した後、新たな災厄が両艦を襲った。

「サウス・ダコタ」は、艦首周辺の隔壁が水圧に耐えかねて破られ、浸水が拡大した。浸水量は推定二五〇〇トンに達し、出し得る速力は七ノットに低下した。

「アイオワ」は、人力操舵の失敗によって、艦首艦底部を浅瀬に接触させ、浸水が発生した。

この状況下、本国の作戦本部から、

「アジア艦隊は可及的速やかにフィリピンより離

脱し、トラックの太平洋艦隊に合流せよ」
との命令が届いた。

ブラウンにとっても、アジア艦隊の司令部幕僚にとっても、待ち望んでいた命令ではあったが、「サウス・ダコタ」「アイオワ」を伴えないことは明らかだった。

ブラウンは両艦を雷撃処分すると決定し、たった今、その措置が終わったのだ。

「両艦の重油は、巡洋艦、駆逐艦にとって、貴重な燃料になりました。そのことだけでも、両艦をモロ湾まで回航した価値があったと考えます」

補給参謀のリチャード・H・ホプキンス中佐が言った。

巡洋艦、駆逐艦は、戦艦に比べて燃料の積載量が小さく、航続距離も短いため、自沈処分の前に「サウス・ダコタ」と「アイオワ」の残燃料を、巡洋艦、駆逐艦に移したのだ。

「世界最強の戦艦は、最後に給油艦となったか」

ブラウンは、自嘲気味に笑った。

二隻の最後の仕事が僚艦への給油になるとは、考えたことすらなかった。

「長居は無用です。出航しましょう」

エリクソンが具申した。

ブラウンは、今一度「サウス・ダコタ」と「アイオワ」を見やった。

両艦とも右舷側に大きく傾き、海水は上甲板の間近まで来ている。海水は、急速に二隻の艦内を満たしつつあるのだ。

「出航する」

ブラウンは二隻の戦艦への思いを断ち切るように、はっきりした声で命じた。

「ミシシッピー」の通信室から命令電が飛び、アジア艦隊は、モロ湾から外海に向かって動き始めた。

「マッカーサー大将からは、何か言って来たか?」

ブラウンはエリクソンに聞いた。

バターン半島から脱出し、アジア艦隊に合流した在フィリピン陸軍司令官ダグラス・マッカーサー大将と家族、幕僚は、第四巡洋艦戦隊（CD4）の重巡「ポートランド」「インディアナポリス」に分乗している。

「最初は戦艦への乗艦を希望しましたが、巡洋艦の方が安全度が高いと説明し、納得して貰いました」

　エリクソンは答えた。

　アジア艦隊が航空攻撃や敵艦隊による攻撃を受けた場合、真っ先に狙われるのは戦艦だ。

　マッカーサーとその家族、幕僚の安全を第一に考え、ブラウンは敢えて巡洋艦を指定したのだった。

「いざとなれば、CD4には最大戦速で戦場から離脱して貰う」

　ブラウンは言った。

　マッカーサーに対し、個人的に好悪（こうお）の感情はないが、極東陸軍総司令官の護送に失敗すれば、海軍の立場がない。

　マッカーサーのためではなく、合衆国海軍のため、ブラウンはマッカーサーの生還と安全を第一に考えていた。

　周囲の海は、急速に光を失いつつある。

　モロ湾は、日没を迎えようとしているのだ。

　ブラウンは、黄昏（たそがれ）時の海面を見据えた。

　自沈処分にした二隻の戦艦のことは、既に意識から消え去っていた。

2

　パラオ諸島に最初の空襲警報が鳴り響いたのは、一一月一九日の夜明け直後だった。

「悪夢の再現か」

　このことあるを予期して、未明から旗艦「鹿島」の作戦室に詰めていた井上成美第四艦隊司令長官は、口中で呟いた。

　井上を始めとする第四艦隊の司令部幕僚や「鹿島」の乗員にとり、日米戦争は空襲警報から始まっている。

開戦劈頭(へきとう)のトラック環礁に対する奇襲攻撃により、井上らは否応(いやおう)なく最前線に投げ込まれたのだ。

　井上にとっては、江田島(えたじま)同期の茂泉慎一(もいずみしんいち)中将や第四根拠地隊将兵を置き去りにした苦い記憶とも結びついている。

　その不吉な音が、コロール港の他、バベルダオブ島のアイライ飛行場、マラカル島の港湾施設、アラカベサン島の水上機基地に鳴り響いている。

　コロール港から直接視認できる場所にはないが、パラオ諸島南端のペリリュー島にも、空襲警報が鳴っているはずだ。

「『敵戦爆連合大編隊見ユ。位置、〈ペリリュー〉ヨリノ方位一三〇度、九〇浬。機数約一〇〇。〇六一八(マルロクヒトハチ)』。一六空（第一六航空隊）の水偵からの報告です」

「パラオ全島に命令。上空警戒第一配備」

　岡田貞外茂通信参謀の報告を受けるや、井上は落ち着いた声で下令した。

　現在の時刻は六時三四分。

　九〇浬の飛行に三〇分を要すると考えれば、敵機のペリリュー到達予想時刻は六時四八分だ。

　一四分あれば、全戦闘機が発進できる。

「トラックの二の舞は避けられそうですな」

　矢野志加三参謀長の言葉を受け、井上は「うむ」と頷いた。

　一一月一三日に「米アジア艦隊ハ『ダバオ』乃至其周辺ニ潜ム可能性有リ」と連合艦隊司令部に打電して以来、井上は指揮下にある第二四、二六航空戦隊、及び第三根拠地隊隷下の第一六航空隊に命じ、パラオ周辺の索敵を強化した。

　米アジア艦隊がフィリピンから脱出し、トラックに向かうとなれば、パラオの基地航空部隊が最大の脅威になる。

　米太平洋艦隊はアジア艦隊を援護するため、パラオの飛行場を叩くはずだ、と推測したのだ。

　その推測は一一月一五日、トラック環礁付近で敵情を探っていた呂号潜水艦の報告電により、裏付けられた。

「敵艦隊、『トラック』ヨリ出航セリ。艦種不明ノ大型艦三、中型艦四乃至五、小型艦一〇以上。〇四四三（現地時間五時四三分）」

と伝えて来たのだ。

パラオの南東海上に発見された敵の大編隊が、呂号が発見した敵艦隊から発進したものであることは間違いない。

井上は、二四、二六航戦に臨戦待機を命じ、敵艦隊の出現に即応できる態勢を整えさせている。

敵に先手を取られはしたが、トラック奇襲のように、一方的に蹂躙される展開にはならないはずだ。

「二四航戦より報告。『千歳空ノ艦戦全機、発進セリ。〇六四〇』」

六時四一分、岡田通信参謀が報告を上げた。

「二六航戦はどうだ？　まだ報告はないか？」

「只今、報告が届きました。『六空只今発進中。〇六四一』」

矢野の問いに、岡田は数秒の間を置いてから答えた。

千歳航空隊は二四航戦の所属、第六航空隊は二六航戦の所属だ。

前者は零戦と九六陸攻三六機ずつを、後者は零戦三六機を、それぞれ指揮下に収めている。

「六空も、ペリリューに向かわせてはいかがでしょうか？」

川井巌首席参謀が具申した。

発見位置から考えて、米軍の攻撃隊は、ペリリュー飛行場を狙って来る可能性が高い。

ペリリューの防空は千歳空が、アイライの防空は六空がそれぞれ担当しているが、戦力の集中を考えるなら、六空の零戦五四機をペリリューに向かわせるのが理にかなっている。

「敵情が不明のまま、無闇に部隊を動かすのは得策とは言えない。ペリリューは、千歳空の艦戦隊に踏ん張って貰おう」

井上は応えた。

敵機動部隊はまだ発見されておらず、正確な位置も、空母の数も不明だ。

ペリリューとアイライの両飛行場が、同時攻撃を受ける可能性も考えられる。

六空をペリリューに向かわせ、アイライを無防備にすれば、その隙を突かれる可能性もある、と井上は主張した。

「発見された敵機は約一〇〇機です。三六機の零戦で、守り切れるでしょうか？」

「敵は戦爆連合です。艦戦には、艦爆、艦攻を守りながら戦わねばならない、という不利な点があります。そこにつけ込めば、飛行場の被害を食い止めることは可能でしょう」

川井の懸念に、航空参謀の米内四郎少佐が応えた。

井上は、ちらと海軍時計を見やった。

時刻は六時四八分。敵機のペリリュー到達予想時刻だ。

千歳空の艦戦搭乗員に、井上は胸中で呼びかけた。

「頼むぞ、零戦隊」

敵機は、三〇〇〇メートル前後の高度からペリリュー島に接近して来た。

雲の切れ間から、一隊二〇機前後と見積もられる梯団が、湧き出すように姿を現す。

千歳空の戦闘機搭乗員には、初めて目の当たりにする米軍機の大編隊だ。

「多いな」

第三中隊の二番機を務める鳥羽公規一等飛行兵曹は、その呟きを漏らした。

千歳空の出撃機数は、エンジン不調で出撃を見送られた機体を除く零戦三四機。

一方敵機は、約一二〇機と見積もられる。

機数の上では、絶対的に不利だが――。

「やってやる！」

鳥羽が自身に活を入れたとき、先頭の指揮官機がバンクした。「突撃せよ」の合図だ。

三四機の零戦が、各中隊毎、四隊に分かれる。第一、第二中隊は正面、第三中隊は右、第四中隊は左だ。

第三中隊長白川洋介中尉の零戦が、右に旋回しつつ、後続の七機を誘導する。

鳥羽は、白川機の左後ろに付けている。

二番機の役目は、一番機の援護だ。自身が墜とされても、一番機を墜とされてはならない。

飛行隊長機や中隊長機は、敵に狙われることが多いため、殊更注意が必要だ。

右前方に位置していた敵機が速度を上げる。零戦の挑戦を、真っ向から受けて立つような動きだ。

主翼は中翼配置であり、胴体は酒樽のように太い。グラマンＦ４Ｆ〝ワイルドキャット〟――一〇月二五日のルソン沖海戦で、第三艦隊の艦戦隊が手合わせした機体であろう。

白川機は敵編隊の真正面から、フル・スロットルで突進した。

堂々と勝負を挑むような動きだが、無謀でもある。第三中隊は八機、敵は約二〇機だ。正面からぶつかれば、押し潰されるのは目に見えている。

白川の意図は、真っ向勝負にはなかった。

敵編隊の面前で、機体を右に横転させ、垂直降下に移った。

鳥羽も白川に倣い、操縦桿を右に倒す。

正面のＦ４Ｆが反時計回りに九〇度回転し、視界の左方に吹っ飛ぶ。

後続する六機も、白川機、鳥羽機に倣い、垂直降下をかけている。

白川機が機体を水平に戻し、Ｆ４Ｆ群の真下を駆け抜ける。

任務は、ペリリューの飛行場防衛だ。Ｆ４Ｆではなく、その後方から来る艦爆か艦攻を叩くのだ。

Ｆ４Ｆ群の後方に位置していた機体が、機首を押し下げ、白川機に向かって来る。右と左から二機ずつだ。

　鳥羽は、操縦桿を左に倒した。左方から来る二機に、真っ向から機首を向けて突進した。

　二機のＦ４Ｆが両翼に発射炎を閃かせ、青白い曳痕がほとばしる。

　弾量が多い上、射程が長い。無数の礫（つぶて）を投げつけて来るようだ。

　鳥羽は右に、左にと機体を振った。青白い曳痕の奔流（ほんりゅう）が、翼端や胴体の近くをかすめた。

　すれ違いざまに、一連射を放つ。

目の前に発射炎が閃き、機首からほとばしった細長い火箭が、敵一番機のコクピットに正面から突き刺さる。

　機首二丁の七・七ミリ機銃だ。破壊力は小さいが、当たりどころによっては致命傷を与えられる。

　鳥羽は、敢えて敵機の行方を追わない。優先すべきは、戦果の有無（うむ）よりも一番機の援護だ。

右旋回をかけ、白川の一番機を追う。

　加瀬清太郎（かせせいたろう）二等飛行兵曹の三番機も、鳥羽機に追随して来る。

　白川機は、すぐに視界に入って来た。

　後方から、二機のＦ４Ｆが食い下がっている。白川機が左右どちらに旋回しても、射弾を浴びせられる態勢を取っている。

「させるか！」

　一声叫び、鳥羽は突進した。加瀬も、やや遅れて鳥羽に追随した。

　Ｆ４Ｆの尾部が、みるみる拡大する。照準器の白い環（わ）が、Ｆ４Ｆを捉える。

追いすがって来る零戦に気づいたのだろう、Ｆ４Ｆが左右に分かれた。

　鳥羽は、左の機体に照準を付け、一連射を放った。

　今度は、両翼の二〇ミリ機銃だ。

　七・七ミリ弾のそれより遥かに太い火箭がほとばしり、Ｆ４Ｆの機首からコクピットにかけて突き刺さる。

一瞬、F4Fのキャノピーが真っ赤に染まったように見えた。

ほとんど同時に、エンジンから炎と黒煙が噴き出し、機体全体を包み始めた。

鳥羽が銃撃を浴びせたF4Fは、機首を真下に向け、炎と黒煙を引きずりながら墜落する。

もう一機のF4Fは、姿が見えない。加瀬機が墜としたのか、離脱したのかは分からない。

鳥羽は、撃墜にこだわるつもりはない。任務は、中隊長機の援護だ。F4Fが逃げてしまえば、目的は達せられる。

白川機は速力を緩めることなく、後続する梯団に突進する。

胴体の前半分が太く、後ろ半分が細い機体だ。

ダグラスSBD〝ドーントレス〟。九九式艦上爆撃機のライバルとも呼ぶべき、米海軍の主力艦上爆撃機であろう。

ドーントレス群は緊密な編隊形を組み、前進して来る。西部劇映画に登場する幌馬車隊が、野盗の襲撃に備え、隊列を密集させているような眺めだ。

「空中の幌馬車隊」に、白川機は斜め前方から斬込んでゆく。鳥羽機、加瀬機も、中隊長機に続く。

ドーントレス二機が左旋回をかけ、白川機に相対した。機首に発射炎が閃き、青白い火箭が噴き延びた。

白川機が、一二・七ミリ弾をかいくぐるようにして、ドーントレスとの距離を詰める。

機首から一連射を放つが、ドーントレスは火を噴かない。七・七ミリ弾では、力不足のようだ。

白川機が右に旋回したところで、鳥羽機、加瀬機が前に出た。

ドーントレス一番機の機首に発射炎が閃くと同時に、鳥羽も発射把柄を握った。一二・七ミリ弾と二〇ミリ弾の火箭が、斬り結ぶように交差した。

敵弾は鳥羽機の左方に逸れるが、鳥羽が放った二

○ミリ弾は、狙い過たずドーントレスの機首からコクピットにかけて命中する。

　ドーントレスが機首を傾け、墜落し始めたときには、鳥羽は右旋回をかけ、白川機を追っている。

「一番機を単機にするな」が、二番機の鉄則だ。戦果確認よりも、中隊長機の援護が最優先となる。

　ちらと後方を見、加瀬機の追随を確認する。

　三中隊の第一小隊では、最も若く、経験の浅い搭乗員だが、指揮官機と二番機に遅れることなくついて来る。

　第一小隊は速度を落とすことなく、ドーントレス群の後方へと抜けた。

　白川機が左の上昇反転をかけ、鳥羽と加瀬も続く。

　機体を水平に戻したときには、第一小隊はドーントレス群の後ろ上方に付けている。

　白川機が機首を前方に押し下げ、降下に移る。ドーントレス群の最後尾に位置する機体を、狙っているようだ。

　その白川機の前上方に見える機影を、鳥羽は見逃さなかった。

　操縦桿を手前に引き、エンジン・スロットルを開いた。中島「栄(さかえ)」一二型エンジンが高らかに咆哮し、鳥羽機は上昇しつつ突進した。

　F４Fが慌(あわ)てたように機首を向けるが、そのときには、鳥羽機はF４F一番機の間近に迫っていた。

　至近距離から、機首の七・七ミリ機銃を発射する。目の前に発射炎が閃き、二条の細い火箭が噴き延びる。咄嗟の射撃だったが、射弾はF４Fの機首に突き刺さる。

　エンジンに命中したのだろう、F４Fが黒煙を噴出し、機首を大きく傾けた。

　F４F二番機が向かって来るが、こちらは射撃の時機(じき)を摑(つか)めない。双方共に、射弾を交わすことなく終わる。

　前下方では、ドーントレス二機が黒煙を引きずり、編隊から落伍している。

鳥羽がＦ４Ｆを牽制している間に、白川が銃撃を浴びせたのだ。

ドーントレスも、後席の旋回機銃から火箭を飛ばしているが、白川機は右に、左にと旋回し、敵弾に空を切らせている。

中隊長機を援護すべく、鳥羽が操縦桿を倒そうとしたとき、右前方に二機のＦ４Ｆが見えた。

鳥羽は、白川機に向かって降下を続けた。Ｆ４Ｆには、気づいていないような動きだ。

Ｆ４Ｆ二機は、右斜め上方から突っ込んで来る。

一番機の両翼に発射炎が閃く寸前、鳥羽は操縦桿を大きく右に倒し、右フットバーを軽く踏んだ。

鳥羽機は右に大きく傾き、急坂を滑り降りるように降下した。

敵一番機の射弾は、左の翼端付近をかすめる。敵二番機も機銃を発射するが、青白い火箭は、鳥羽の頭上を通過する。

鳥羽機は、ほとんど垂直に近い角度まで傾き、右の翼端を支点にする格好で半回転する。

機体を水平に戻したときには、鳥羽機は敵二番機の背後を取っている。

二番機が回避行動に移るより早く、鳥羽は発射把柄を握った。

二〇ミリ弾の火箭が左主翼に突き刺さり、おびただしい火花やジュラルミンの断片が飛び散った。Ｆ４Ｆの左主翼は、中央付近から折れ、後方に吹っ飛んだ。

片方の揚力を失ったＦ４Ｆは、左に大きく傾き、錐揉み状に回転しながら墜落する。

Ｆ４Ｆ一番機は不利を悟ったのだろう、機体を左に横転させ、垂直降下に移る。

今度こそ、中隊長機の援護を――と思い、機体を翻そうとしたとき、左前方から、新たなＦ４Ｆが向かって来た。

今度は、四機編隊だ。鳥羽を一機だけと見て、押し潰さんばかりの勢いで向かって来る。

「畜生（ちくしょう）！」

鳥羽は、思わず罵声を漏らした。

Ｆ４Ｆを撃退しても、すぐに新たなＦ４Ｆが向かって来る。加瀬の三番機ともはぐれてしまい、単機での戦闘を余儀なくされている。

鳥羽は左に旋回し、Ｆ４Ｆに相対した。

一対四の戦いだ。僅かなミスが、死に直結する。

彼我の距離が、急速に詰まる。Ｆ４Ｆの丸く太い機首や中翼配置の直線翼が目の前に迫る。

鳥羽は、ぎりぎりまで待った。

敵一、二番機が同時に発射炎を閃かせたとき、左主翼を大きく跳ね上げ、ネジを回すように機体を回転させた。

鳥羽機は束の間（つかのま）、背面飛行になる。機体の真下、すなわち鳥羽の頭上を、Ｆ４Ｆの太い胴が、流れるように通過する。

機体を水平に戻したとき、鳥羽機はＦ４Ｆ編隊の後方に抜けていた。

鳥羽は緩横転（スロー・ロール）を用いて、Ｆ４Ｆの頭上を飛び越し、後方に抜けたのだ。乱戦状態にある戦場で使うのは非常に危険だが、四機の突っ込みをかわす方法は、他に考えつかなかった。

鳥羽は、急角度の水平旋回をかける。

Ｆ４Ｆ群の後方から突進し、四番機の後ろから射弾を浴びせる。

二〇ミリ弾の一連射が敵機の尾部を捉え、左右の水平尾翼を吹き飛ばす。

尾翼を失ったＦ４Ｆ四番機が、大きくよろめきながら落伍し、三番機は機体を横転させて離脱する。

一、二番機は水平旋回をかけ、鳥羽機に立ち向かおうとするが、その横合いから別の零戦が突っ込み、二〇ミリ弾を浴びせる。

Ｆ４Ｆ二番機は、炎と黒煙を噴き出しながらのたうち、一番機も白煙を引きずりながら姿を消す。

「中隊長はどこだ？」

鳥羽が周囲を見回したとき、ドーントレス群が次々と機体を翻し、急降下に移った。

機首の先には、ペリリュー島の飛行場がある。

「駄目か……！」

鳥羽は、思わず呻き声を漏らした。

格闘戦では無類の強さを誇る零戦だが、数の力には抗しきれない。

千歳空の三四機は防戦に努めたが、戦爆連合一二〇機という数の力に押し切られたのだ。

それでも、鳥羽はなお敵機の阻止を試みた。ドーントレス群に突進し、急降下に転じた機体に二〇ミリ弾を撃ち込む。

鳥羽機の二〇ミリ弾は、ドーントレス一機のコクピットを粉砕し、二機目の左主翼にも命中する。コクピットを破壊されたドーントレスは、風防ガラスの破片を撒き散らしながら墜落し、左主翼を撃たれたドーントレスは、爆弾を投げ捨てて遁走する。

鳥羽が阻止し得たのは、二機だけだった。

ほどなくペリリュー飛行場の滑走路に、次々と直撃弾炸裂の火焔が躍り、黒々とした爆煙が空中に立ち上り始めた。

3

このとき、アメリカ合衆国海軍第二任務部隊（TF2）は、ペリリュー島の南東一一〇浬の海面に展開している。

空母「エンタープライズ」「ワスプ」を中心とした第二・一任務群（TG2.1）と、空母「プリンストン」を中心とした第二・二任務群（TG2.2）で、互いに三〇浬の距離を隔てている。

現地時間の七時一九分、旗艦「エンタープライズ」の艦橋に、通信室より報告が上げられた。

「指揮官機より受信。『七時一七分、攻撃終了。〈ペリリュー〉の敵飛行場に爆弾多数の命中を確認せるも、効果不充分。再攻撃を要す。敵戦闘機の迎撃、熾烈なり』」

「効果不充分、再攻撃を要す、だと？」

司令官ウィリアム・ハルゼー少将は目を剝いた。

今回、三隻の空母は八八機ずつ、合計二六四機を搭載して作戦に臨(のぞ)んでいる。

ペリリュー島の敵飛行場には、全体の半数近くになる一二四機――F4F六〇機、ドーントレス六四機を向かわせた。

事前情報によれば、パラオに配備されている零戦(ジーク)は七〇機程度だが、それらはペリリューとアイライに分散配置されている。

戦爆合計一二四機を出撃させれば、圧倒できると睨んでいたのだ。

ところが、指揮官から届けられた報告は、「再攻撃を要す」だった。

事前情報に誤りがあり、パラオにより多数のジークが配備されていたのか。あるいは、対空砲火が強力だったのか。

「司令官、第二次攻撃の方針を決めて下さい」

参謀長のマイルズ・ブローニング中佐が、強い語調で言った。

当初の作戦計画では、第一次攻撃でペリリューを、第二次攻撃でアイライをそれぞれ叩き、パラオ周辺の制空権を奪取する予定だった。

だが、ペリリュー攻撃の結果が不充分となれば、作戦計画の修正が必要になる。

予定通りアイライを叩くか。あるいはペリリューを今一度攻撃し、飛行場を完全に使用不能とするか。

「参謀長はどう考える？」

「予定通り、アイライを叩くのが得策と考えます。攻撃隊指揮官は、ペリリューに対する攻撃の成果を不充分と報告していますが、日本軍は、次はアイライが標的になると考え、残存する航空兵力を集結させていると推測します。アイライを叩けば、パラオの敵航空兵力に大打撃を与え、制空権を奪取できると私は睨んでおります」

「作戦参謀は？」

「私は、ペリリューに止めを刺すべきだと考えます。

TF2の任務は、フィリピンから撤退するアジア艦隊の援護であり、同艦隊はパラオの南を回ってトラックに向かいます。作戦目的を第一に考え、よりアジア艦隊に近い位置にある飛行場を叩くべきです」

ハルゼーの問いに、作戦参謀のフレデリック・ミラン中佐は返答した。フランス訛りがあるためか、ゆっくりと話している。

「どちらの主張にも一理あるな」

ハルゼーは、しばし思案を巡らせた。

即断即決を旨とするハルゼーだが、このときばかりは迷っていた。

「司令官、あまり時間がありません。第一次攻撃隊は、あと三〇分ほどで帰還します」

ブローニングが注意を喚起した。

第二次攻撃隊は、三空母の飛行甲板上で待機しており、出撃命令を待っている。

飛行甲板が塞がっていては、帰還機は着艦できない。攻撃隊を出撃させ、飛行甲板をクリアにする必要がある、とブローニングは促しているのだ。

「……アイライを叩こう」

なおも数秒間考えた末に、ハルゼーは断を下した。

ペリリューに止めを刺すよりも、無傷のアイライを叩いた方が、アジア艦隊の安全確保に繋がるはずだ。

「分かりました。『攻撃目標〈アイライ〉』と、攻撃隊に指示を送ります」

ブローニングが頷いた。

「エンタープライズ」から命令電が飛び、三隻の空母が次々と風上に艦首を向けた。

飛行甲板上で待機していた第二次攻撃隊――F4Fとドーントレスが、次々と飛行甲板を蹴り、蒼空に舞い上がってゆく。

本来であれば、空母には戦闘機、急降下爆撃機、雷撃機の三機種を搭載するところだが、三隻の空母の搭載機は、F4Fとドーントレスの二機種だ。

太平洋艦隊における空母の主な役割は、戦艦部隊の援護だ。そのためには戦闘機と急降下爆撃機のみを搭載すれば充分と、ハルゼーは割り切ったのだ。

主力雷撃機として使用されていたダグラスTBD〝デバステーター〟は旧式化が進み、第一線での使用に耐えないと判断されたこと、後継機となるグラマン社の新型雷撃機はまだ配備されていないことも、搭載機が二機種に絞り込まれた理由だった。

「エンタープライズ」の攻撃隊は、二〇分ほどで発艦を終え、「ワスプ」の飛行甲板も空になった。

TG2・2の「プリンストン」からも、「発艦完了」の報告が届く。

時刻は七時四八分。

アイライ飛行場があるバベルダオブ島までは、約一四〇浬の距離だ。

編隊の集合に約三〇分、進撃に約一時間と見て、九時一五分頃には攻撃を開始できる。

その間に、第一次攻撃隊の帰還機に燃料、弾薬を補給し、ペリリューに再出撃させれば、パラオの全飛行場を使用不能にできる、とハルゼーは考えていた。

第二次攻撃隊と入れ替わるようにして、第一次攻撃隊が帰還して来た。

進撃を開始したときのような、整然たる編隊形ではない。

中隊単位、あるいは小隊単位での帰還だ。

中には、単機で戻って来る機体もある。

報告電の中に「敵戦闘機の迎撃、熾烈なり」の一文があったが、ペリリュー上空の戦闘が激戦だったことをうかがわせた。

最初の一機が「エンタープライズ」の飛行甲板に滑り込んで来た直後、通信室から報告が上げられた。

「『プリンストン』より報告。『対空レーダーに反応。方位一五度、距離三〇浬』」

「司令官、ジャップの偵察機です！」

航空参謀のキース・パトリック少佐が叫んだ。

ヨークタウン級空母が装備するCXAM対空レー

ダーは最大七〇浬の探知距離を持つが、目標が単機の場合は、探知距離も短くなる。

パトリックは、「距離三〇浬」の報告から、発見された目標が偵察機であると判断したのだ。

「収容作業を続行せよ」

「燃料、弾薬に余裕のある戦闘機は、着艦を少し待ち、直衛任務に就け」

ハルゼーは、二つの命令を発した。

「プリンストン」が発見した偵察機が、TG2・1に接近して来る可能性もある。TF2の位置を、敵に知られるわけにはいかない。

着艦の順番を待っていたF4Fのうち、数機が上昇し、TF2の上空で旋回待機に入る。

ドーントレス群は、次々と飛行甲板に滑り込んで来る。

被弾の跡が目立つ機体が少なくない。

胴体に大穴を穿たれている機体や、補助翼を吹き飛ばされている機体も散見される。

「負傷者有り」との通信を送りながら着艦したドーントレスからは、クルーが抱きかかえられて下ろされ、担架に乗せられて、医務室へと運ばれる。

絞り込まれたエンジン・スロットルの音や、着艦時の衝撃音がひっきりなしに響く中、

「『プリンストン』より報告。『敵一機撃墜。機種は零式水上偵察機。撃墜前に、敵信を傍受せり』」

通信室からの報告が上げられた。

「敵機はジェイクと言ったな？」

「日本軍の水上偵察機です。戦艦、巡洋艦に搭載される他、水上機基地にも多数が配備されているとの情報があります」

ハルゼーの問いに、パトリック航空参謀が答えた。

「ジェイクは、敵艦隊から発進した機体です。TG2・2の報告によれば、敵機の発見位置は、方位一五度、三〇浬です。方位一五度に敵の基地がない以上、敵の艦載機に間違いありません」

「しくじったな」

　ブローニングの意見を受け、ハルゼーはＴＦ２が危険な状況に置かれていることを悟った。

　第二次攻撃隊は既に出撃しており、敵飛行場に向けて進撃中だ。

　第一次攻撃隊を収容し、あらためて敵艦隊に向かわせるとしても、燃料、弾薬の補給に最低でも一時間はかかる。

　しかも、ＴＦ２はまだ日本艦隊の位置を掴んでいないのだ。

　このままでは、ＴＦ２はリンガエン湾海戦のＴＦ14同様、一方的に航空攻撃を受け、叩きのめされる。

「第二次攻撃隊を、敵艦隊に向かわせてはいかがでしょうか？」

　ミラン作戦参謀の具申に、パトリックが反対した。

「我が軍は、まだ敵艦隊を発見していません」

「敵の方位については、見当がつく。ＴＧ２・２から一五度の方向だ。攻撃隊には、索敵攻撃を命じればよい」

「出撃前ならともかく、攻撃隊はアイライに向けて進撃中です。今の時点で、所在の分からない敵艦隊への索敵攻撃を命じても、発見できない可能性が大です。最悪の場合、位置を見失い、未帰還機が出る危険もあります」

「私も、航空参謀に賛成だ。所在不明の敵に攻撃隊を向かわせるのは、リスクが大きすぎる」

　強い語調で言ったブローニングに、ミランは反論した。

「このままでは、ＴＦ２が空襲を受けます」

「当面は、防御に徹しよう。第一次攻撃隊帰還機のうち、戦闘機全機に燃料、弾薬を補給し、艦隊の直衛に就かせる。急降下爆撃機は格納甲板に下ろし、空襲が終わるまで待つ。第二次攻撃隊は、予定通りアイライに向かわせるのだ」

　ハルゼーは断を下した。

「防ぎ切れるでしょうか？」

「防ぎ切れるか、ではない。防ぐのだ」

ミランの懸念に、ハルゼーは言い切った。

ハルゼーは攻撃に本領を発揮する指揮官であり、防御に徹する戦いは性に合わないが、今は母艦を守ることが最優先だ。

着艦の順番を待つ機体は少なくなっているが、まだ十数機が上空に見える。

全機を収容したら、防空戦の準備開始だ。

ハルゼーは上空を見つめつつ、そのときを待った。

索敵機の報告電は、旗艦「土佐」を始めとする第三艦隊の各艦でも受信されていた。

ペリリュー島よりの方位六〇度、一五〇浬の海面だ。

ルソン沖海戦の終了後、内地に帰還した第三艦隊は、柱島泊地で待機していたが、一一月一四日午後、パラオ諸島に向けて出撃するよう連合艦隊より命令を受けた。

第三艦隊は、同じく出撃命令を受けた第一艦隊と共に出港し、この日——一一月一九日未明、パラオ諸島の北東海上に到達したのだった。

空母の陣容は第一航空戦隊の「土佐」「加賀」、第五航空戦隊の「翔鶴」「瑞鶴」だ。

ルソン沖海戦時に比べ、艦上機の総数はやや減ったものの、四空母を合わせた合計は常用二八八機、補用六〇機であり、米太平洋艦隊に配備されている空母には、充分対抗可能と考えられていた。

第三艦隊は、夜明けとほぼ同時に索敵機を発進させたが、それらが敵艦隊を発見する前に、ペリリューの友軍飛行場が敵艦上機の攻撃を受けたのだ。

「土佐」艦上の司令部は、攻撃隊の出撃準備を整えて、索敵機の報告を待った。

八時六分、水上偵察機の一機が報告電を送って来たが、内容は充分とは言えなかった。

「敵ラシキモノ五隻見ユ。位置、『ペリリュー』ヨリノ方位一四五度、一一〇浬」

と打電したところで切れていたのだ。

「索敵機は、打電中に撃墜された可能性が高いと考えます」

参謀長酒巻宗孝（さかまきむねたか）少将は、司令長官南雲忠一（なぐもちゅういち）中将に推測を伝えた。

「索敵機が敵機に撃墜されたのであれば、間違いなく敵艦隊、それも空母を含む機動部隊を発見したと考えられます」

強い語調で主張したのは、航空甲参謀の源田実（げんだみのる）中佐だ。

その視線が、時折飛行甲板上に敷き並べられている零戦と九七式艦上攻撃機——敵艦隊攻撃のために準備した艦上機に向けられる。

すぐにでも攻撃隊を出撃させるべきです、と主張したいのは明らかだ。

「ペリリューが空襲を受けたところからも、パラオ近海に敵機動部隊がいることは分かっている。四艦隊司令部からは、『敵ハ戦爆連合約一二〇機。空母艦上機ト認ム』と報せて来ている」

酒巻が応えた。

「問題は、発見された艦隊が機動部隊なのかどうかだ。フィリピンから脱出して来たアジア艦隊という可能性はないだろうか？」

連合艦隊司令部の作戦計画では、第三艦隊が敵機動部隊を、パラオの二四航戦、二六航戦がアジア艦隊を、それぞれ叩くことになっていた。

「トラックの米軍はアジア艦隊の脱出を援護するため、トラックから機動部隊を出撃させる可能性大です。第三艦隊はこれを叩き、敵の空母を全て撃沈乃至発着艦不能に追い込んで下さい。空母がいなくなれば、基地航空隊は敵戦闘機の妨害を受けることなく、アジア艦隊を叩けます」

出撃前、「土佐」を訪れた連合艦隊の大西滝治郎参謀長は、そのような要望を伝えていた。

「敵機動部隊とアジア艦隊の二兎（にと）を追わねばならない場合、優先順位はどちらになるか？」

と、このとき南雲は聞いている。

機動部隊は複数の航空戦隊から成っており、同時に二つの目標を攻撃することも可能だが、戦力を分散すれば戦果も中途半端になる。

戦力集中という面から考えても、目標は一つに絞り込む方が望ましい。

「敵機動部隊を優先して下さい。アジア艦隊の戦艦群は、後からでも叩けます」

と、大西は一切の躊躇なく答えた。

三艦隊の安全を考えても、大西の主張は正しい、と南雲は考えている。

敵が第三艦隊の位置を知れば、全力で攻撃にかかって来るだろうからだ。

索敵機の報告電の中に、「敵ハ空母ヲ伴フ」との一文があれば、すぐにでも待機中の攻撃隊を発進させるところだ。

この点は、酒巻も同じ考えであろう。

「アジア艦隊であれば、パラオからもっと南に離れていると考えます。彼らの目的が艦隊の保全である以上、空襲の危険が少ない航路を取るのではないでしょうか？」

首席参謀大石保大佐の発言に続けて、源田が言った。

「発見された敵艦隊は、ペリリューまでの距離一一〇浬まで踏み込んでいます。艦上機による攻撃を目的としていなければ、ここまでペリリューに接近することはありますまい。敵は、間違いなく空母を伴っています」

「いかがいたしますか、長官？」

酒巻の問いを受け、南雲は断を下した。

「発見された敵艦隊は、空母を含む機動部隊であると判断する」

「では？」

「目標、ペリリュー沖の敵機動部隊。第一次攻撃隊、発進せよ！」

4

「左前方、敵機」

偵察員を務める牛尾良次一等飛行兵曹が注意を喚起した。

「お早いお出迎えで」

「土佐」の艦爆隊で、第一中隊の第二小隊長を務める香川慎平中尉は、左前方を見て呟いた。

ごま粒を撒いたような機影が、左前方に見える。

機数は、四〇機から五〇機だ。攻撃隊の前方を塞ぐように回り込んで来る。

敵艦隊は、まだ発見されていない。敵機と戦いつつ、目標を探すことになる。

第一次攻撃隊の編成は、一航戦より零戦三六機、九九艦爆三六機、五航戦より零戦三六機、九七艦攻三六機。計一四四機。

戦闘機の数は日本側が上回るが、安心はできない。艦戦隊が、艦爆、艦攻に対する敵戦闘機の攻撃を防ぎ切れるとの保証はないのだ。

「後ろは任せて下さい」

「頼りにしてるぜ」

牛尾の言葉に、香川は応答を返した。

艦戦隊が、早くも動きを起こしている。

「土佐」「加賀」の零戦のうち、約三分の二が速力を上げ、敵戦闘機に突進する。

五航戦の艦戦隊も、全体の三分の一ほどを艦攻隊の直衛に残し、敵戦闘機に向かってゆく。

正面から左前方の空域で、空中戦が始まる。

グラマンＦ４Ｆ〝ワイルドキャット〟が猪さながらの勢いで突進して射弾を浴びせるが、零戦は右に、左にと旋回し、Ｆ４Ｆの射弾に空を切らせる。

Ｆ４Ｆの突っ込みをかわした零戦は、Ｆ４Ｆの側方、あるいは後方から射弾を叩き込む。

胴体に大穴を穿たれたＦ４Ｆが機体のコントロールを失ってよろめき、コクピットに射弾を叩き込まれたF4Fが、火も煙も噴き出すことなく墜落する。

急角度で機体を傾け、零戦の内側に回り込もうと試みるF4Fもあるが、旋回性能は零戦が上だ。

逆に、零戦に内懐に飛び込まれ、至近距離から二〇ミリ弾を撃ち込まれる。

攻撃隊総指揮官を務める「瑞鶴」飛行隊長兼艦攻隊隊長嶋崎重和少佐は、零戦とF4Fの戦場を避け、攻撃隊を右方へ——西寄りの空域へと誘導している。

「牛尾、後続機どうか?」

「稲山機、田島機、我に続行中。三小隊、二中隊も落伍機なし」

香川の問いに、牛尾は即答した。

(五航戦の若手はどうだ?)

香川は、五航戦の艦攻隊に視線を転じた。

「翔鶴」「瑞鶴」の艦上機隊は、編成されてから日が浅いため、経験の浅い若年搭乗員が多い。

攻撃距離は一五〇浬。さほど長い距離ではないが、今回が初陣となる若手の中には、付いて来られずに落伍した者がいるのではないか、と懸念したのだ。

香川が見たところ、艦攻の数が減ったようには見えない。

二艦合計三六機の九七艦攻は、緊密な編隊形を保ち、総指揮官機に従っている。

「瑞鶴」の嶋崎飛行隊長は、「土佐」艦攻隊隊長村田重治少佐よりも先任順位が高いベテランだ。短期間で、若手を鍛え上げたのかもしれない。

(他隊よりも、自隊を心配しなきゃな)

香川が前に向き直ったとき、

「指揮官機より受信。『敵発見。突撃隊形作レ』」

後席の牛尾が報告した。

中隊長以上の機体には、英国から導入した無線電話機が装備されているが、小隊長機にはまだ未装備であり、命令の伝達や報告は電信でのやり取りとなるのだ。

「あれだけか?」

香川は呟いた。

敵の艦影は左前方に見えるが、空母は輪型陣の中央に位置する一隻だけだ。

米軍が出撃させた空母が、一隻だけとは思えないが――。

「目の前の敵を叩くだけだ」

香川は、第一小隊三番機の左斜め後方に付けた。

小隊二、三番機、第三小隊の三機が香川機の左斜め後方に占位し、第一中隊の九機が斜め単横陣を作る。

第二中隊、「加賀」艦爆隊も同様の陣形を作り、四隊の斜め単横陣が、敵空母に接近する。

「右後方、グラマン！」

「来やがったか！」

牛尾の叫びを聞いて、香川は舌打ちした。

零戦との乱戦から脱し、艦爆隊に向かって来たF4Fがいたのだ。

降爆のために展開中であり、回避運動はできない。偵察員が撃つ旋回機銃だけが頼りだ。

後席から連射音が届き、一小隊の三番機、二番機も射撃を開始する。七・七ミリ旋回機銃の細い火箭が、背後から襲いかかるF4F目がけて噴き延びる。

黒く太い影が、一小隊三番機に突進した。両翼からほとばしる火箭が、胴体から主翼にかけて突き刺さった。

旋回機銃が一瞬で沈黙し、三番機の主翼の付け根から白煙が噴出する。三番機は力尽きたように機首を下げ、真っ逆さまに墜落し始める。

続けて、後方で爆炎が躍る。

「稲山機被弾！」

牛尾が、悲痛な声で報告する。稲山太郎一等飛行兵曹と水沢久太二等飛行兵曹のペアが墜とされたのだ。

F4Fによる被撃墜機は、二機だけに留まった。九九艦爆を墜とし、離脱したF4Fは、零戦に銃撃を浴びせられ、黒煙を引きずりながら消えた。

「土佐」艦爆隊隊長千早猛彦大尉機の前方に、黒い爆煙が湧き出す。

　空母の護衛に就いているのは、巡洋艦と駆逐艦を合わせて八隻程度だが、対空砲火の密度は高い。ルソン沖海戦で、二隻の敵空母を仕留（しと）めたときに劣らない。

　その直中に、千早は後続する艦爆を誘導してゆく。

「死のうは一定（いちじょう）、だな」

　第一小隊に自機を追随させながら、香川は呟いた。

　運が悪けりゃ死ぬだけだ。その覚悟はできているが、願わくば二五番を投下してからにして欲しい。

　千早機が機首を押し下げ、降下を開始した。山本（やまもと）義一（よしかず）一等飛行兵曹の一小隊二番機が続いた。

　香川は急降下爆撃の教範（きょうはん）通り、左主翼の前縁（ぜんえん）に敵空母の飛行甲板を重ねた。

　操縦桿を前方に押し込み、一小隊の後を追った。

　敵空母は、時計回りに回頭している。飛行甲板の縁（ふち）は、発射炎で真っ赤に染まっている。一見、炎の塊が海面をのたうっているようだ。

　前を行く二機は、空母を追いかける格好で降下しており、香川も前方の二機に追随する。

「二四（フタヨン）（二四〇〇メートル）！　二二（フタフタ）！　二〇（フタマル）！」

　炸裂音、風切り音、ダイブ・ブレーキ音がコクピットを満たす中、後席の牛尾が高度計の数字を読み上げる。

　数字が小さくなるに従い、照準器の環の中で、敵空母が膨れ上がる。

　帝国海軍の空母は、飛行甲板の前縁が絞り込まれているが、米軍の空母は艦首から艦尾までの幅がほとんど変わらない。まな板を思わせる形状だ。

　そのまな板が、急速に拡大する。

　襲って来るのは両用砲弾だけであり、機銃弾の火箭はほとんど来ない。機銃は、海面付近から突進する五航戦の艦攻隊に向けられているのかもしれない。

　千早機、山本機が、続けて機首を引き起こした。

「〇四（マルヨン）（四〇〇メートル）！」

「てっ！」

牛尾の叫びを受け、香川は投下レバーを引いた。
操縦桿を目一杯手前に引き、引き起こしにかかる。下向きの遠心力が全身を締め上げ、しばし目の前が暗くなる。

艦爆の搭乗員にとっては、最も危険な状態だ。敵機に狙われても、ろくに抵抗できぬまま墜とされる。

――だが、引き起こし中の九九艦爆を襲って来る敵機はなかった。

数分後、香川は千早機に従い、高度三〇〇〇メートルから海面を見下ろしていた。

わだかまる黒雲のようなものが、眼下に見える。

一航戦の艦爆隊と五航戦の艦攻隊が、雷爆同時攻撃を加えた結果だ。

何機の艦爆、艦攻が投弾、投雷に成功したかは不明だが、相当数の爆弾と魚雷が命中したことは明らかだ。

敵空母が海中に姿を消すのは、時間の問題と思われた。

千早機が、付いて来い、と言いたげにバンクした。
香川は、田島源太郎二等飛行兵曹の三番機と共に、編隊の定位置に付けた。

復路の一五〇浬、約一時間を飛べば、母艦の「土佐」に足を降ろすことができる。

「あれが一次のやった奴か」

「土佐」艦攻隊で第一中隊第二小隊長を務める木崎龍大尉は、針路の右前方を見て呟いた。

立ち上る煙が、熱帯圏の真っ青な空をどす黒く汚している。

第一次攻撃隊が叩いた空母が、海上で燃え続けているのだ。

攻撃隊総指揮官を務める「加賀」飛行隊長橋口喬少佐からも、「土佐」艦攻隊隊長村田重治少佐からも、新たな指示はない。

橋口機は攻撃隊の先頭に立ち、まっすぐ攻撃隊を誘導している。

村田機も、「土佐」艦攻隊一七機を後方に従え、橋口機に付き従う。

直掩の零戦隊は、艦攻隊よりもやや高めの位置で、敵機の出現に備えていた。

「二、三番機、どうか？」

「本機に続行中です」

「三小隊は？」

「全機、健在です。落伍機はありません」

木崎の問いに、電信員の米田正治二等飛行兵曹が返答した。

「土佐」と「加賀」の艦上機隊にはベテランが多いが、ルソン沖海戦における戦死者の後任は、若年搭乗員が務めている。

木崎の第二小隊では、二番機の電信員を務める田倉恵介一等飛行兵と三番機の操縦員を務める佐瀬三郎三等飛行兵曹が、第三小隊では二番機の偵察員大林武夫三等飛行兵曹と三番機の操縦員宗形健治三等飛行兵曹が、新しく補充された若手だ。

若年搭乗員が操る機体がはぐれ、大空で迷子になることを木崎は危惧していたが、幸い全機が健在だ。

（敵はまだ見えないか？）

木崎は、村田機に従って第二小隊を誘導しつつ、海面にも視線を向けた。

「土佐」の通信室が新たな索敵情報を受信したのは、第二次攻撃隊の準備を行っている最中だ。

軽巡洋艦「筑摩」の一号機が打電したもので、

「敵艦隊見ユ。位置、『ペリリュー』ヨリノ方位一三五度、一一〇浬。敵ハ空母二、巡洋艦四、駆逐艦一〇以上。〇八五二」

と伝えていた。

最初に発見された目標よりも、東に三〇浬ほど離れている。

三艦隊司令部は、第一次攻撃隊で敵空母を叩き、第二次攻撃隊はフィリピンから脱出したアジア艦隊に向かわせることを考えていたようだが、急遽作戦計画を変更し、第二次攻撃隊を新たな敵機動部隊に向かわせると決定したのだ。

　敵の第一群と第二群の距離は、約三〇浬。

　第一群の所在は、立ち上る火災煙によって明らかになっている。

　そろそろ第二群が視界に入ってもいい頃だ。

「総指揮官機より入電。『敵発見。突撃隊形作レ』」

「小隊長、左前方です！」

　米田の報告に続いて、木崎機の偵察員を務める長瀬忠雄一等飛行兵曹が叫んだ。

「あいつか！」

　木崎は、雲の切れ間の下に一群の艦船を見出した。

　まだ距離があるため、艦形ははっきり見定められないが、大型艦を中心にした輪型陣を組んでいることは分かる。

　中央に位置する艦が空母に違いない。

「こっちが本隊だな」

　木崎は直感した。

　敵第一群の空母は一隻、第二群は二隻だ。

　戦力面から見ても、第二群が敵機動部隊の本隊に違いない。

　ここで会ったが百年目だ——木崎は、右腕を撫でさすりながら呟いた。

「総指揮官機より受信。『〈加賀〉隊、〈翔鶴〉隊目標、一番艦。〈土佐〉隊、〈瑞鶴〉隊目標、二番艦。全軍突撃セヨ』」

　米田が新たな指示を伝えた。

　艦攻隊の左方を飛行していた五航戦の艦爆隊が速力を上げ、敵の輪型陣に接近する。

　既に、各中隊毎に斜め単横陣を形成し、いつでも急降下に移れる態勢を取っている。

　五航戦には、一、二、三航戦に比べて若年搭乗員が多いと聞かされているが、艦爆隊の動きを見た限りでは、未熟なように見えない。

「翔鶴」艦爆隊隊長の高橋赫一少佐と「瑞鶴」艦爆隊隊長の坂本明大尉が、搭乗員の技量を一日も早く一、二、三航戦と同等に引き上げるべく、厳しく鍛えたのだろう。

「敵の直衛はいないか？」

「見当たりません」

　木崎の問いに、長瀬が即答した。

「妙だな」

　木崎は首を傾げた。

　空母が二隻もいるのに、直衛戦闘機がいないというのは考え難い。雲の中にでも隠れ、奇襲の時機をうかがっているのか。

　前方では、村田機がバンクしている。「突撃」の合図だ。

　敵機の所在は気になるが、木崎は指揮官機に従った。

「土佐」艦攻隊は、左右に分かれつつある。敵空母の左右両舷から、同時雷撃を敢行するのだ。

　村田が直率する第一中隊は目標の右舷、岩崎五郎大尉の第二中隊は目標の左舷から、それぞれ攻撃する。

　村田機が低空に舞い降りつつ、第一中隊の八機を目標の右舷側へと誘導する。

　木崎は村田機の動きを睨みつつ、第一小隊三番機の後方に付けている。

（ついて行きますぜ、隊長）

　胸中で、木崎は村田に呼びかけた。

　村田は、航空雷撃では帝国海軍随一と言われる技量の持ち主で、「雷撃の神様」の異名を持つ。

　艦内では笑顔を絶やさず、冗談によって部下の緊張をほぐすのも上手い。指導力もあり、短期間で部下の腕を引き上げる能力にも長けている。

　艦攻乗りの誰もが憧れ、目標としている人物だ。

　その村田の直率中隊で、一個小隊を任されるのは、この上ない栄誉だ。

　雷撃を成功させるだけではない。少しでも隊長の技量に近づいて見せる。

　自身にそう言い聞かせつつ、木崎は村田を追った。

「グラマン、前上方！」

長瀬の叫び声が、不意に飛び込んだ。

木崎は顔を上げ、前上方を見た。

太い胴を持つ戦闘機が二機、第一中隊の前上方から突っ込んで来る。

敵は、艦爆隊、艦攻隊が散開し、突撃に移るのを待っていたのだ。

二機のF4Fが、第一小隊との距離を詰める。

「雷撃の神様」の異名を取る村田も、戦闘機の前では無力だ。

「隊長、危ない！」

木崎が思わず叫んだとき、第一小隊の三機が機体を左右に振った。

胴体下に九一式航空魚雷を抱えた身であり、動きは鈍い。

それでも三機の九七艦攻は、F4Fの射弾をかわした。

村田機を仕留め損なったF4Fが、木崎機に向かって来る。

木崎は操縦桿を右に、次いで左に倒した。

九七艦攻が振り子のように振られ、目の前に迫るF4Fが左右に揺れる。両翼からほとばしる火箭が、主翼の近くをかすめ、後方へと抜ける。

F4F二機が風を捲いて後方に抜け、後席から機銃の連射音が届く。電信員席の米田が、七・七ミリ旋回機銃を発射したのだ。

「三番機被弾！」

米田が、悲痛な声で報告する。

初陣の佐瀬三飛曹が操縦する機体だ。敵弾を回避し損ねたのだろう。

「機首に機銃があれば……」

かなわぬこととは知りつつ、木崎は言わずにいられない。

九七艦攻の装備火器は後席の七・七ミリ旋回機銃のみであり、前方からの攻撃には反撃できない。この機体にも、九九艦爆のように機首の固定機銃が欲しい、と思わずにはいられなかった。

「グラマン、後方から来ます！」

米田が叫び、後席から連射音が伝わる。

木崎機だけではない。二小隊の二番機、三小隊の三機も、射弾を放っている。

木崎は機体を左右に振り、回避を試みる。

一二・七ミリ弾の太い火箭が胴体やコクピットの脇をかすめ、風防ガラスが音を立てて振動する。

木崎機の頭上を抜けたＦ４Ｆが、第一小隊の後方から襲う。

三機の艦攻が機体を振って回避を試みるが、三番機が敵弾に捉まる。

火箭がコクピットに突き刺さるや、旋回機銃を撃っていた電信員が仰け反り、風防ガラスの内側が赤く染まる。

敵弾は操縦員を射殺したのか、一小隊三番機は、火も煙も噴き出すことなく墜ちてゆく。

一小隊の前方に抜けたＦ４Ｆに、太い火箭が突き込まれた。

二機のＦ４Ｆは、続けざまに火を噴き、機首を大きく下げて墜落し始めた。

Ｆ４Ｆを墜とした零戦が、第一小隊とすれ違う。

「ありがたい！」

木崎は、大きく息をついた。

村田機、川村善作一等飛行兵曹を機長とする二番機は、突撃を続けている。

二機とも、海面すれすれの低空に舞い降りる。

木崎も、滝田健治一等飛行兵曹を機長とする小隊二番機を従え、一小隊に続く。

横一線に並び、海面を這うような低空から突進する九七艦攻に、輪型陣の外郭を固める巡洋艦、駆逐艦が射弾を浴びせる。

一二・七センチ両用砲弾が炸裂すれば、爆風に機体が煽られ、弾片が高速で飛散する。

機銃弾の火箭は鞭のように振り回され、海面に線状の飛沫を上げる。

対空砲火に搦め捕られる艦攻はない。

村田機以下の七機は、波頭(なみがしら)に接触しそうな低空から、輪型陣の内側に突入する。

前方では、空母の巨体が急速転回している。

飛行甲板の脇が真っ赤に染まり、さかんに火箭を飛ばしている。

その真上から、次々と黒い影が落下し、周囲に水柱が上がっている。「瑞鶴」艦爆隊が、一足先に投弾を開始したのだ。

直撃弾炸裂の閃光は観測されない。九九艦爆が投下した二五番は、海中に落下するばかりだ。

水柱の中をのたうつ敵空母の巨体は、荒れ狂う巨(きょ)鯨(げい)のように見えた。

その巨鯨目がけて、第一中隊の七機は突き進む。反対側からも、第二中隊が雷撃を狙っているはずだが、彼らの位置までは分からない。

今は、自分たちの雷撃を成功させるだけだ。

「もうちょい……もうちょい」

敵空母との距離を測りつつ、木崎は発射の時機をうかがう。

空母までは、まだ少し距離がある。必中を狙うには、ぎりぎりまで接近したい。

「隊長機発射！」

「よし、てっ！」

長瀬の叫びを受け、木崎は投下レバーを引いた。同時に操縦桿を前方に押し込み、機体の上昇を最小限に留めた。

右前方では、発射を終えた村田機、川村機が速度を上げ、離脱にかかっている。

空母の後方に、回り込もうとしているようだ。

「離脱する！」

宣言するように叫び、木崎は村田機に続いた。

高度は、依然海面すれすれを保っている。

敵艦の舷側が、高い壁のように迫って来るが、機体は艦尾をかすめるように通過する。

一瞬、海面の激しい泡立ちが目に入るが、すぐに死角へと消える。

　輪型陣の内側に侵入した艦攻を逃がすまいと、巡洋艦、駆逐艦が射弾を飛ばして来るが、敵弾は全て頭上を通過してゆく。

　砲声、炸裂音、爆音が間断なく響く中、

「命中！　水柱一……いや二本確認！」

　米田の歓声混じりの報告が届く。

　一〇分後、木崎は三〇〇〇メートルの高度から、二隻の敵空母を見下ろしていた。

　敵二番艦――「土佐」隊と「瑞鶴」隊が叩いた空母は、左に大きく傾斜しながら、黒煙を噴き上げている。

　右舷側から攻撃した第一中隊よりも、左舷側から攻撃した第二中隊の方が、多くの魚雷を命中させたようだ。行き足は完全に止まっており、撃沈確実と判断できる。

　敵一番艦――「加賀」隊と「翔鶴」隊が攻撃した空母は、二番艦より被害が小さいようだ。

「一隻撃沈、一隻撃破だな」

　木崎は、戦果をそのように見積もった。

　上空には、投弾、投雷を終えた艦爆、艦攻が集まって来る。

　機数は、出撃時に比べて少ない。

　Ｆ４Ｆの猛攻と対空砲火によって、相当数が墜とされたようだ。

　戦果は上がったが、犠牲は決して小さなものではなかった。


　第二次攻撃隊総指揮官の報告は、一〇時五三分、第三艦隊各艦の通信室に入電した。

「攻撃終了。敵空母一ニ爆弾、魚雷多数命中。撃沈確実。敵空母一ニ爆弾、魚雷複数命中セルモ撃沈不確実。今ヨリ帰投ス。一〇五三」

　と伝えていたが、「土佐」艦橋の第三艦隊司令部に歓声は上がらなかった。

この少し前、「土佐」が装備する英国製の対空用電探が、接近する機影を捉えていたのだ。

「対空用電探、感三。一九五度、六〇浬」

と、電測長の風間光則（かざまみつのり）大尉は伝えている。

第三艦隊司令部は艦隊の直衛用に待機させていた零戦一八機を発進させると共に、第一次攻撃より帰還した零戦の中から、無傷の機体に燃料、弾薬を補給し、直衛任務に就かせていた。

「こちらが攻めるだけ、とはさすがにいかぬか」

南雲忠一司令長官は、苦い思いを込めて言った。

ルソン島の敵飛行場攻撃でも、米アジア艦隊と戦ったルソン沖海戦でも、第三艦隊は敵を圧倒した。ルソン島の米軍飛行場から反撃はなく、アジア艦隊隷下の空母二隻も、先制攻撃によってあっさりと撃沈した。

今回の敵機動部隊との戦いも、前半は日本側優勢のうちに推移（すいい）した。

第三艦隊の上空に敵機は出現せず、日本側は敵に位置を知られることなく、一方的に戦いを進めていた。

流れが変わったのは、第二次攻撃隊が発進し、進撃を開始した直後だ。

第三艦隊上空に、敵の索敵機が飛来したのだ。

日本側も、敵に位置を知られたことになる。

「米艦隊は、既にパラオの我が軍飛行場に対し、二度に亘って攻撃隊を放っています。敵の艦上機はこの戦闘で、ある程度消耗したはずです。また、発見された敵空母のうち、一隻は第一次攻撃隊が既に沈めました。これらの事実から、来襲する敵機の数は、さほど多くないと考えられます」

源田航空甲参謀が言った。

パラオの被害状況については、第四艦隊の他、第二四、二六両航空戦隊の報告電からも明らかになっている。

ペリリュー飛行場は、戦爆連合約一二〇機の猛攻を防ぎ切れず、使用不能に陥れられたが、アイライ飛行場はペリリューよりも被害が小さく、零戦だけであれば離着陸が可能だという。

二四航戦も、二六航戦も、全戦闘機で米軍を迎撃し、多数の敵機を墜としたとのことだ。

四艦隊が敵の攻撃を吸収し、消耗を強いたことが、三艦隊への支援になっている。

「だからといって、楽観は禁物だ。空母は、飛行甲板に一発でも喰らえば戦闘力を失う。どれほど警戒しても、し過ぎということはない」

酒巻が源田の言葉に反論すると、南雲が言った。

「電探によって、敵機の接近が分かっていることは安心材料の一つだ。少なくとも、奇襲を受けることはない。後は、直衛機の搭乗員と各艦乗員の奮闘に期待するだけだ」

一一時一三分、

「敵戦爆連合の編隊、右一五度、高度四〇(ヨンマル)(四〇〇〇メートル)!」

「味方戦闘機、突入します!」

艦橋見張員の報告が、「土佐」の艦橋に飛び込んだ。

南雲は、右前方上空に双眼鏡を向けた。

黒い小さな影が、上下左右に飛び交っている。

直衛戦闘機が、敵機に挑みかかっているのだ。

ルソン攻撃でも、ルソン沖海戦でも、第三艦隊は空襲を受けたことはない。

南雲にとっても、第三艦隊の幕僚や各艦の乗組員にとっても、零戦の戦いを目の当たりにするのは、これが初めてとなる。

時折、空中に火焔が湧き出し、海面に向かって黒煙が伸びる。一機が被弾、墜落し、最低でも一名の搭乗員がこの世から消えた証(あかし)だ。

「土佐」の艦橋からでは、どちらの機体がやられたのかは分からない。

はっきりしているのは、空中の戦場は艦隊の上空に近づいて来るということだ。

前方の海面に、発射炎が閃いた。

護衛の戦艦、巡洋艦、駆逐艦が、対空戦闘を開始したのだ。

輪型陣の先頭に位置する軽巡洋艦「阿武隈」が真っ先に撃ち始め、第一水雷戦隊隷下の陽炎型駆逐艦、吹雪型駆逐艦が続く。

「土佐」の右前方で、多数の発射炎が閃く。

利根型軽巡洋艦の「筑摩」が、対空戦闘を開始したのだ。

最上型と同じく、長砲身の一五・五センチ三連装砲を主兵装とする軽巡洋艦だが、水上砲戦よりも空母の直衛を主任務とする艦だ。魚雷発射管は装備せず、一二・七センチ連装高角砲八基、二五ミリ連装機銃二〇基を左右両舷に敷き並べている。後部には六機の水上機を搭載し、機動部隊の目の役割を果たす他、潜水艦からも空母を守る。

その「筑摩」が、接近する敵機の面前に、右舷側四基、合計八門の一二・七センチ高角砲から、多数の射弾を撃ち上げている。

「敵一機、いや二機撃墜！」

見張員が歓声混じりの報告を上げるが、敵機は「筑摩」を強敵と見たのだろう、一二・七センチ砲の射程外へと迂回する。

隊列の後方に位置する高速戦艦「比叡」が、「筑摩」に代わって一二・七センチ高角砲を発射する。

「敵降爆、右四五度、三五（三五〇〇メートル）！」

「面舵一杯！」

見張員の報告を受け、「土佐」艦長長谷川喜一大佐が大音声で下令した。

「土佐」は、すぐには回頭を始めない。元々は、長門型を上回る戦艦として建造が始まり、途中から空母に転用された艦だ。

全長二四八・六メートル、最大幅三二・五メートル、基準排水量三万八二〇〇トンの艦体は、帝国海軍の空母の中で最も大きく、重い。

舵が利き始めるまでには、どうしても時間がかかる。

「土佐」の艦上に、砲声が轟く。

自らを守るべく、対空射撃を開始したのだ。
「土佐」は近代化改装の際、一二・七センチ連装高角砲八基を装備したが、昨年から今年春にかけて対空火器の増強工事を実施し、高角砲が一二基に増えている。

片舷六基一二門の一二・七センチ高角砲が咆哮し、およそ五秒から六秒置きに射弾を撃ち上げる。
「土佐」の右舷側を守る「筑摩」「比叡」と一水戦の駆逐艦も敵機に砲火を浴びせ、三五〇〇メートルの高度に、次々と爆炎が湧き起こる。
「敵一番機急降下！　二番機、続けて急降下！」

見張員が絶叫した。
「土佐」は、依然直進を続けている。

間に合わぬか――南雲が危惧したとき、「土佐」の艦首が右に振られた。

元は、八八艦隊計画に基づく戦艦として設計され、ニューヨーク軍縮条約の締結に伴って空母に艦種変更された巨艦が、艦首付近から飛沫を上げ、海面を弧状に切り裂きながら、右へ右へと回ってゆく。

砲声に混じって、甲高い音が聞こえて来る。

急降下爆撃機のダイブ・ブレーキ音だ。九九艦爆にも同様の装備があり、南雲も訓練中に何度も聞いているが、敵機のそれは一際大きく、不気味だ。

何が何でも、目標を仕留めんとする荒々しい意志が、そのまま音になったように思える。

その音源の真下に、「土佐」は艦首を突っ込んで行く。振り上げた刀の下に、自ら首を差し出す無謀な行為にも見えるが、これが急降下爆撃の回避に有効であることは、南雲も長谷川艦長から聞いていた。

高角砲の砲声に、機銃の連射音が加わる。

飛行甲板の縁に多数の発射炎が閃き、何条もの火箭が突き上がる。
「土佐」を守る最後の武器――二〇ミリ連装機銃が射撃を開始したのだ。竣工時の装備数は一一基だったが、開戦前の増強工事で一八基に増えている。

真っ赤な曳痕が、上下を逆にした夕立のような勢いで、突っ込んで来る敵機に殺到する。

　ダイブ・ブレーキ音が、エンジン音に変わった。

黒い機影が、艦橋の真上を通過した。

　二機目が通過したところで、弾着が始まる。

「土佐」の右舷前方に水柱が奔騰したかと思えば、左舷中央付近に二発目が落下する。

　三発目、四発目は、艦橋の近くに着弾し、五発目は艦を飛び越し、後方に落ちる。

　敵弾落下の度に炸裂音が轟き、爆圧が艦橋に伝わって来る。

　至近弾はあっても、直撃弾はない。紙一重の差で白刃をかわす、剣の達人さながらだ。

「土佐」への攻撃は、五発だけで終わった。

　最後の一機が後方に抜けたとき、

「後部見張りより艦橋。零戦、敵機を攻撃中！」

　歓声混じりの報告が飛び込んだ。

　回頭に伴い、空中戦が視界に入って来たときには、敵機は姿を消し、海面から黒煙が上がっている。

　零戦は、「土佐」への投弾を終えて引き起こしをかけた敵機を攻撃し、ことごとく撃墜したのだ。

「よくやった！」

　酒巻が叫んだとき、左舷側海面に炎が躍る様が見えた。

「『加賀』被弾！」

　艦橋見張員の叫びが、続けて飛び込んだ。

　南雲は、「加賀」に双眼鏡を向けた。

　被弾箇所は、艦首付近のようだ。艦の航進に伴って、黒煙が後方に流れ、飛行甲板全体にまつわりついている。

「『加賀』より入電。『艦首ニ直撃弾一。火災発生』」

「『加賀』に命令。『艦ノ保全ニ努メヨ』」

　通信参謀小野寛次郎少佐から届いた報告を受け、南雲は落ち着いた声で指示を送った。

「加賀」被弾の報告を受けたときには、冷水を浴びせられたような気がしたが、一発なら致命傷にはならない。消火さえ適切に行えば、内地に連れ帰ることは可能だ。

「艦首に被弾したとなりますと、発艦は無理ですな。艦上機の収容だけなら、可能かもしれませんが」

酒巻が難しい表情で言った。

発見された敵空母は、二隻を撃沈、一隻を撃破したが、まだ米アジア艦隊が残っている。

今の状況で、空母一隻を戦列から失うのは痛い、と言いたげだった。

「第二次攻撃隊が帰還したら、『加賀』の所属機は、他艦に分散して収容しましょう。艦上機が健在なら、攻撃力は維持できます」

源田が具申したとき、

「『翔鶴』に急降下！」

第二の悲報が飛び込んだ。

「いかん……！」

酒巻が顔色を変えて叫んだ。

「土佐」の左後方では、「翔鶴」が飛行甲板の縁を真っ赤に染め、一二・七センチ高角砲と二五ミリ機銃を撃ちまくりながら、急速転回を行っている。

隊列の左方を守る戦艦「霧島」と軽巡「利根」、一水戦隷下の駆逐艦も「翔鶴」を援護し、頭上に高角砲弾の傘(かさ)を差し掛ける。

敵一機が火を噴き、空中でよろめく。

続けて二機目を、二五ミリ機銃の火箭が押し包む。エンジンか燃料タンクに被弾したのだろう、その機体は一瞬で炎の塊に変わり、投弾コースから逸れてゆく。

残る機体は、対空砲火の直中に突っ込むようにして、「翔鶴」に肉薄する。

それらが次々と機体を引き起こし、「翔鶴」の後方へと抜けた。

至近弾の水柱が「翔鶴」の姿を隠す。轟沈を思わせる光景だが、すぐに「翔鶴」のスマートな艦体が現れる。

敵弾は、三発まで外れた。

いずれも「翔鶴」の左右や前方に落下し、水柱を

日本海軍 翔鶴型航空母艦「翔鶴」

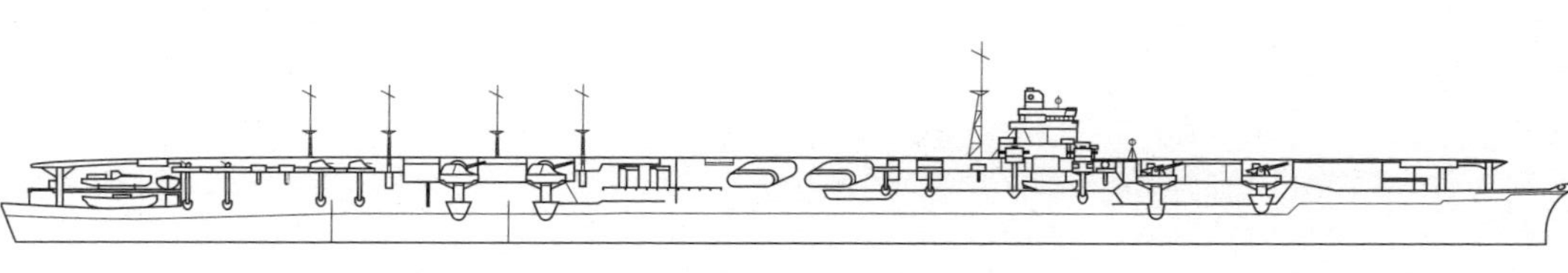

全長	257.5m
飛行甲板幅	29.0m
基準排水量	25,675トン
主機	艦本式タービン 4基／4軸
出力	160,000馬力
速力	34.0ノット
兵装	12.7cm 40口径 連装高角砲 8基 16門 25mm 3連装機銃 12基
航空兵装	常用 72機／補用 12機
乗員数	1,660名
同型艦	瑞鶴、紅鶴(建造中)、雄鶴(建造中)

日本海軍は、ニューヨーク海軍軍縮条約を契機に、戦備の中心を航空機へ移行すると決め、新たに建造される水上艦艇も空母と、空母を護衛するための巡洋艦、駆逐艦が中心となった。

そのなかで建造された翔鶴型空母は、飛龍型空母の拡大発展版として知られるが、新開発の高温高圧機関の採用で日本海軍の艦艇で最大となる16万馬力を実現したほか、バルバスバウによる航続距離の長大化、格納庫の拡大、防御装甲の強化など、様々な新機軸を導入し、以後の日本海軍空母の標準型と称されている。

昭和16年現在、1番艦「翔鶴」、2番艦「瑞鶴」が竣工。3番艦「紅鶴」、4番艦「雄鶴」が建造中であり、今後、日本海軍の空母戦力の中核を構成すると期待されている。

一方で、曲線を多用した流麗な艦形は、いたずらに工数を増やすものという指摘もあり、より量産に向いた簡素な空母を模索する向きもある。

噴き上げるだけに留まった。

　四発目が「翔鶴」の中央部に吸い込まれるや、火焔が躍り、塵を思わせる大量の破片が飛び散った。

「やられたか！」

　酒巻が叫び声を上げたとき、「翔鶴」の後部にも閃光が走り、新たな爆炎が噴き上がった。

　中央部と後部から湧き出す黒煙が結びつき、艦の後方へと流れる。

「電測より艦橋。敵機、避退に移った模様」

「『翔鶴』より入電。『直撃弾二。飛行甲板並ビニ三番昇降機(ショウコウキ)損傷。航行ニハ支障ナキモ発着艦不能』」

　電測室から報告が上げられ、その数分後に通信室から報告が届いた。

「二隻やられたか……」

　南雲は、大きく息をついた。

　機動部隊が編成されて以来、初めて経験する本格的な対空戦闘が終わりつつある。

　被害は、空母「加賀」と「翔鶴」の損傷。

　両艦とも致命傷は受けておらず、航行にも支障はないようだが、空母の機能は喪失した。

　第三艦隊は、空母の半数を戦列から失ったのだ。

「米軍の機動部隊が、ここまでやるとは……」

　源田が被弾した「加賀」と「翔鶴」を交互に見つつ、かぶりを振っている。

　今回の戦闘は、日本側が圧倒的に優勢だった。

　空母の数は、第三艦隊が米側よりも一隻多いだけだが、パラオ諸島の二箇所の飛行場にも、二四航戦、二六航戦が展開しており、事実上二倍程度の戦力差があったのだ。

　戦果は敵空母二隻撃沈、一隻撃破であるから、日本側の勝利と言えるが。空母二隻の被弾損傷は、決して小さな損害ではなかった。

　酒巻が言った。

「長官、今後の方針を決める必要があります」

　空母二隻が被弾したときには、やや取り乱した様子を見せたが、落ち着きを取り戻したようだ。

「今回の作戦目的は、フィリピンからトラックに向かう米アジア艦隊の捕捉・撃滅です。当初の作戦計画では、パラオの二四航戦、二六航戦がその役割を担うはずでしたが、パラオの飛行場が大きな損害を受けた現在、両航戦がその任務に当たるのは困難です」

「本来なら、我が三艦隊がアジア艦隊への攻撃を実施すべきだが、空母が二隻だけとなった現状では難しい。そういうことだな？」

「おっしゃる通りです」

　南雲の問いに、酒巻は頷いた。

「第二次攻撃隊の帰還機を、本艦と『瑞鶴』で収容してはいかがでしょうか？　第一次攻撃隊の帰還機と合わせれば、新たな攻撃隊を編成できます」

　源田の具申に、酒巻が難しい表情を浮かべた。

「米アジア艦隊は、消耗しているとはいえ、まだ複数の戦艦を擁している。空母二隻分の艦上機で、どこまで叩けるか」

「航空攻撃で手傷(てきず)を負わせた上で、第一艦隊に止めを刺して貰います」

　連合艦隊司令部は、ルソン沖海戦の戦訓から、第三艦隊と共に第一艦隊を出撃させている。

　航空機だけでは、戦艦を損傷させることはできても、撃沈までは難しいと判明したため、戦艦を擁する砲戦部隊を繰り出したのだ。

　同艦隊は、第三艦隊の北西三〇浬の海面で待機している。

　米アジア艦隊の位置が判明すれば、すぐにでも急行するはずだ。

「問題は、アジア艦隊の行方だ。三艦隊は敵機動部隊との戦闘に忙殺(ぼうさつ)され、アジア艦隊の捜索までは手が回らなかった。敵の位置が不明のままでは、どうにもならぬぞ」

　大石保首席参謀の発言に、源田が反論した。

「改めて、索敵機を出せばよいと考えます。また、パラオの基地航空隊も、独自にアジア艦隊の捜索を実施しています。こうしている間にも、情報が届くかもしれません」

「まず、米アジア艦隊を探そう。首席参謀の言った通り、敵の位置が不明のままでは動きようがない」

南雲は言った。

「アジア艦隊を発見した場合、艦上機による攻撃を実施しますか?」

酒巻の問いに、南雲は用意していた答を返した。

「第二次攻撃隊の帰還機を収容後、使用可能な機数を調べよう。その上で、今後の方針を決定する」

5

ウィリアム・ハルゼーTF2司令官は、重巡洋艦「クインシー」の艦橋から、沈みつつある空母を見つめていた。

自身が将旗を掲げていた「エンタープライズ」は、艦首を大きく持ち上げ、艦尾から海中に引き込まれようとしている。

ヴァルに四発の爆弾を、ケイトに六本の魚雷を、それぞれ叩き込まれたのだ。

命中魚雷のうち、四本が後部に集中し、二本が右舷中央の水線下を抉っている。

魚雷の爆発によって、推進軸四本のうち二本をへし折られ、舵機室、発電機室が破壊されている。

ダメージ・コントロール・チームが艦尾艦底部に急行したときには、渦巻く海水は既に格納甲板の直下にまで来ており、浸水を食い止めることは到底不可能と判断された。

止むなくハルゼーは、「エンタープライズ」艦長ジョージ・D・ミュレー大佐に、「総員を退艦させよ」と命じ、自身も幕僚たちと共に、「クインシー」に移乗したのだ。

もう一隻の「ワスプ」は、「エンタープライズ」よりは被害が小さい。

飛行甲板には、四箇所に破孔を穿たれたものの、魚雷の命中は二本だけに留まった。

被雷箇所も、缶室、機械室といった重要部位から外れている。

艦長のフレデリック・シャーマン大佐は、

「速力一八ノットの発揮が可能」

と報告している。

このためハルゼーは、「ワスプ」に駆逐艦三隻を付け、一足先に戦場から離脱させていた。

TG2・2の「プリンストン」は、既に海面下に没したとの報告が届いている。

「プリンストン」の護衛に付いていた戦闘艦艇は、同艦の乗員救助に残留した駆逐艦二隻を除いて、TG2・1に合流した。

TF2が戦場海面に留まっているのは、「エンタープライズ」の乗員救助に加えて、攻撃隊の帰還を待っているためだ。

偵察機が「敵艦隊発見」の報告を送って来たとき、TF2は、既にペリリュー島攻撃を終えて帰還した第一次攻撃隊を収容していた。

TF2は、これらの機体に燃料、弾薬を補給し、第三次攻撃隊として、日本艦隊に向かわせたのだ。

「プリンストン」は、攻撃隊の発進前に空襲を受け、出撃がかなわなかったが、「エンタープライズ」「ワスプ」からは、F4F二九機、ドーントレス三三機、計六二機が日本艦隊に向けて飛び立った。

攻撃隊指揮官機からは、

「敵空母二隻に爆弾命中。火災発生を確認。発着艦不能と認む」

との報告が送られている。

彼らが帰還しても、着艦できる空母はない。全機が、不時着水を余儀なくされる。

「艦上機のクルーは、全員を救出する。負傷し、息が絶えようとしている者であっても、必ず救出、収容せよ」

ハルゼーは、全艦にその旨を命じている。

日本軍航空部隊の実力を、自身の身体で覚えたクルーには、彼らの体重と同量の黄金でも足りぬほどの価値がある。

一人として、見殺しにするわけにはいかなかった。

「ジャップの機動部隊が、これほどの力を持つとはな。早い段階で航空主兵を採用し、戦力の拡充に努めて来ただけのことはある」

唸り声を発したハルゼーに、マイルズ・ブローニング参謀長が怪訝な表情を向けた。

「司令官が、敵をお認めになるとは珍しいですな」

「認めざるを得ぬさ。正直な話、羨望すら覚えている。空母と艦上機、基地航空部隊をあれだけ充実させた山本五十六の海軍には、嫉妬を感じるほどだ」

合衆国海軍にも、航空主兵思想の持ち主はいる。

ハルゼーもその一人であり、

「戦艦の建造よりも、空母と母艦航空兵力の充実を」

と主張する意見書を、海軍省や作戦本部に送っている。

だが、そのような声は、主流派にはなり得ない。

先の世界大戦以前から、列国の海軍では大艦巨砲主義が主流だったが、合衆国海軍はその最たるものだ。

一九一六年度の建艦計画、当時の海軍長官ジョセファス・ダニエルズの名を取って「ダニエルズ・プラン」と呼ばれる海軍の大拡張計画に従って、多数の戦艦、巡洋戦艦が建造されてからは、より拍車がかかった。

一九二七年にニューヨーク軍縮条約が調印されてからも、戦艦優先の考えに歯止めはかかっていない。

条約明け後、造船所に真っ先に竜骨を横たえられたのは、サウス・ダコタ級やレキシントン級に続く新鋭戦艦であり、空母の優先順位は低い。

同時期の日本海軍は、戦艦には目もくれず、空母の新規建造に勤しんでいる。

結果、合衆国海軍はリンガエン湾で二隻の空母を失い、今また空母二隻喪失、一隻損傷の被害を受けたのだ。

　航空界に進み、空母三隻を擁するＴＦ２の指揮官に昇った身としては、日本海軍の選択が羨ましく、妬ましい。

　合衆国海軍も航空主兵に舵を切っていれば、海戦の勝敗が逆転していただけではなく、今頃は台湾、沖縄あたりを占領していたのではないかとさえ思う。

「ＴＦ２の敗因は、機動部隊の実力差だけではないと考えます」

　フレデリック・ミラン作戦参謀が言った。

「我が隊には、二つの任務が課せられていました。パラオの敵飛行場制圧と敵機動部隊の撃滅です。指揮下の空母が三隻しかないＴＦ２にとっては、過剰であり、達成困難だったのではないでしょうか」

「達成困難ではあったが、不可能ではなかった。先手を取ってさえいれば、勝利を握ることもできていた」

　ブローニングの反論を受け、ミランは言った。

「攻撃目標が二つあったことが、先制の利を失わせました。パラオの敵飛行場に対しては、確かに先制攻撃を実施し、大損害を与えましたが、第二次攻撃隊をアイライ飛行場に出撃させた時点で、敵機動部隊に対しては、先制攻撃が不可能になっていたのです」

「戦訓分析は、帰還してからにしよう。今、ここで議論することではない」

　ハルゼーはそう言い、少し考えてから付け加えた。

「全ての責任は、このハルゼーにある。後は、本作戦における最後の任務を果たすだけだ。帰還する艦上機のクルーを救助し、残存する全艦艇と乗組員を、トラックに連れ帰る任務を」

　ハルゼーがそこまで言ったとき、

「対空レーダーに反応。一五度、七〇浬」

「クインシー」のレーダーマンが報告を上げた。

「第三次攻撃隊の帰還機と思われます」

　ブローニングの言葉を受け、ハルゼーは力のこもった声で下令した。

「全艦、溺者救助準備！」

第五章　「赤城」咆哮

1

「二四航戦、二六航戦とも、使用可能なのは零戦のみか」

井上成美第四艦隊司令長官は、事実を確認する口調で呟いた。

旗艦「鹿島」には、第二四、二六航空戦隊から、被害状況報告が届いている。

ペリリュー飛行場は、滑走路に多数の爆弾孔を穿たれた他、指揮所と魚雷調整場を破壊された。

同地にあった九六陸攻三六機のうち、一七機は空中退避が間に合ったが、他の一九機は地上で撃破された。

アイライ飛行場は、ペリリューよりは被害が小さいものの、滑走路に爆撃を受けている。現在のところ、滑走距離が短い零戦しか離着陸ができない。
二四、二六航戦の零戦はアイライ飛行場に集結し、敵の新たな攻撃に備えている、とのことだが――。
「新たな空襲はないと考えられます。発見された三隻の敵空母は、三艦隊が撃沈破しました。今度は、こちらが攻撃をかける番です」

米内四郎航空参謀が、意気込んだ調子で言った。

「鹿島」は通信設備が充実しているため、第三艦隊から発せられた電文や、攻撃隊指揮官機の報告電のほとんどを受信している。

四艦隊司令部でも、機動部隊同士の戦闘結果については把握していた。

「攻撃に移りたいところだが、現在はそれができる状況にはない」

井上はかぶりを振った。
二四、二六航戦隷下の陸攻隊は、空襲の間は空中に避退させたが、ペリリュー、アイライの両飛行場が着陸不能となったため、マリアナ諸島のサイパン島に移動させている。
滑走路を修復し、陸攻隊を呼び戻すとしても、再びパラオに展開できるのは、早くて明日の正午だ。

それまでは、身動きが取れない。

「空襲の恐れはなくとも、艦砲射撃の危険が残っています」

矢野志加三参謀長が、机上に広げられているパラオ諸島の地図に指示棒を伸ばし、ペリリュー島の南方海上を指した。

この日の正午過ぎ、四艦隊司令部は、空襲から辛(から)くも生き延びた一六空の水偵をパラオ周辺に飛ばし、敵艦隊の動きを探らせた。

開戦劈頭のトラック奇襲では、機動部隊の艦上機による空襲に続けて、砲戦部隊の艦砲射撃が加えられている。

パラオでも同じことが起きる可能性を、矢野は危惧したのだ。

一三時三八分、それらの一機が報告電を送って来た。

「敵艦隊見ユ。位置、『ペリリュー』ヨリノ方位一七〇度、一四〇浬。敵ハ大型艦二、中型艦四、小型艦一〇以上。大型艦ハ戦艦ト認ム。敵針路三五〇度。一三三八(ヒトサンサンハチ)」

との内容で、敵艦隊がパラオに向かって北上していることを示している。

敵が巡航速度で北上した場合、二二時頃にはペリリューの飛行場が戦艦主砲の射程内に入る。

ペリリューから三〇浬の距離にあるアイライ飛行場も攻撃圏内だ。

戦艦の巨弾を撃ち込まれては、二箇所の飛行場は完膚(かんぷ)なきまでに叩き潰される。

「一艦隊に、敵情を報せよう」

井上は言った。

連合艦隊司令部は、「機動部隊が米アジア艦隊を撃ち漏らした場合に備えて」との理由で、第一艦隊をパラオ沖に出撃させている。

現在、同艦隊はバベルダオブ島の東方海上で待機中だ。

井上としては、敵戦艦は航空攻撃で仕留めたいが、今の状況では、第一艦隊に頼る以外にない。

「水偵が発見した敵艦隊の正体は何でしょうか？」

「トラックから出撃した、太平洋艦隊の所属艦だろう」

川井巌首席参謀の疑問に、井上は考えていた答を返した。

報告電は、敵戦艦の数を二隻と伝えている。アジア艦隊に配備されている戦艦とは、数が合わない。

また、アジア艦隊であれば、パラオからの空襲を避けるため、より離れた海域を航行するはずだ。

ペリリューの南方海上で発見された艦隊は、パラオを襲った敵機動部隊と同じく、アジア艦隊の撤退を援護するため、トラックから派遣された砲戦部隊であろう、というのが井上の推測だった。

「私も長官と同意見ですが、アジア艦隊はどこにいるのか、という新たな疑問が生じます」

「パラオの南方、それも三〇〇浬以上離れた海域ではないでしょうか？」

矢野の疑問に対し、米内航空参謀が言った。

地図上に指示棒を伸ばし、パラオの南側を大きく迂回する曲線を描いて見せた。ほとんど、ニューギニア島に接触しそうだ。

「パラオから三〇〇浬の距離を置いても、空襲圏外に逃れることはできませんが、索敵機に発見される可能性は小さくなります。アジア艦隊は、太平洋艦隊隷下の機動部隊や砲戦部隊が我が軍の注意を引きつけている間に、パラオから大きく離れた海域を迂回し、トラックに逃げ込むつもりでしょう」

「参謀長、二四航戦に使用可能な大艇の数を聞いてくれ。明朝、パラオの南方海上に遠距離索敵を実施したい」

井上は矢野に命じた。

航空参謀の主張通りなら、米アジア艦隊は、現在パラオの南側に大きく迂回しているはずだ。

捕捉できさえすれば、攻撃の機会はある。

「もう一つ。バベルダオブ島の設営隊に、明日の朝までにアイライ飛行場の滑走路を修復し、陸攻の離着陸が可能とするよう命じてくれ。設営隊には夜を徹しての作業を強いることになり、真に御苦労とは思うが」

「やりますか、長官？」

矢野が目を輝かせた。

開戦以来、第四艦隊は防御一辺倒の戦いばかりを強いられて来た。

トラック、マーシャルを一方的に蹂躙され、このパラオでも受け身の戦いを余儀なくされた。

指揮下の陸攻隊で、米アジア艦隊を叩くことができれば、初めて攻撃側に転じることができる。

「うむ」

井上は大きく頷き、少し考えてから付け加えた。

「ただし、明朝までにパラオが無事であれば、だ。敵艦隊の撃退に失敗すれば、陸攻隊によるアジア艦隊への攻撃も画餅に終わる。四艦隊としては、一艦隊の勝利を祈る以外にない」


第四艦隊の水偵による索敵と並行して、第一艦隊もまた、戦艦、重巡に搭載する水偵によって、独自の索敵を実施していた。

一六時過ぎ、それらの一機が打った報告電が、各艦の通信室で受信された。

「『ペリリュー』沖ノ敵艦隊ハ戦艦二、巡洋艦四、駆逐艦一二。戦艦ハ新式ト認ム。一六〇四」

「新鋭戦艦か！」

戦艦「赤城」艦長有馬馨大佐は、通信長中野政知中佐から報告を受け、唸り声を発した。

米軍の新鋭戦艦アラバマ級については、開戦前から情報収集に努めている。

火力ではサウス・ダコタ級戦艦よりやや劣るものの、最高速度は二八ノットと速度性能が高い。

主砲の数は九門と、「赤城」より一門少ないが、砲身長は五〇口径と長く、一発当たりの破壊力では「赤城」や第一戦隊の僚艦「長門」「陸奥」より上だ。

何よりも大きな差は、アラバマ級の方が新しいことだ。

「赤城」は帝国海軍が最後に完成させた戦艦だが、竣工が昭和二年とやや古い。昭和一二年から一四年にかけて行われた近代化改装によって、通信機、対空兵装、航空兵装などを一新し、艦橋の形状も大きく変わったが、老朽化が進んだ部分もある。

この点については、「長門」「陸奥」も同様だ。

一方の米新鋭戦艦は、竣工してから一年も経っていない。

戦艦の数では第一艦隊が優勢だが、米軍の新鋭戦艦を相手取るのはかなりの冒険と言っていい。

「長官はどう判断されるだろうか？」

有馬は、隊列の先頭に位置する旗艦「長門」を見た。

第一艦隊の編成は、第一戦隊の戦艦「長門」「陸奥」「赤城」、第五戦隊第二分隊の重巡「那智」「妙高」、第六戦隊の重巡「青葉」「加古」「古鷹」「衣笠」、第三水雷戦隊の軽巡「川内」と駆逐艦一四隻だ。

第一戦隊は本来、連合艦隊の直率部隊であり、前線に出ることは滅多にない。

だが、連合艦隊司令長官山本五十六大将は、

「米軍の四〇センチ砲戦艦に対抗し得る戦艦三隻を、GFの直率戦隊として後置しておくのは、貴重な戦力の遊兵化となる。この際、第一戦隊をGFの直率から外し、前線に出したい」

と述べ、第一戦隊を第一艦隊に編入したのだ。

軍令の本流を順当に歩んできた第一艦隊司令長官高須四郎中将が、どのような選択をするか。危険を冒して米新鋭戦艦に挑むか、あるいは艦隊の保全を優先するだろうか。

長官の選択は、間もなくはっきりした。

「『長門』より受信。『第一艦隊ハ〈ペリリュー〉ヨリノ方位一八〇度、五浬地点ニテ待機トス。一六二

日本海軍 赤城型戦艦「赤城」

全長	254.6m
最大幅	30.8m
基準排水量	43,000トン
主機	技本式オールギヤードタービン 8基／4軸
出力	132,000馬力
速力	30.5ノット
兵装	40cm 45口径 連装砲 5基 10門 12.7cm 45口径 単装高角砲 16門 12.7cm 40口径 連装高角砲 4基 8門 7.6cm 40口径 単装高角砲 12門 25mm 連装機銃 14基
航空兵装	水上機 3機／射出機 2基
乗員数	2,750名
同型艦	なし

日本海軍の「八八艦隊計画」では、戦艦、巡洋戦艦、それぞれ8隻の建造を計画していたが、ニューヨーク海軍軍縮条約の締結により、戦艦は「長門」「陸奥」の2隻のみ、巡洋戦艦は本艦のみが竣工した。新造時から、長門型戦艦を凌ぐ火力と、30ノットを上回る高速力で内外の注目を集めていたが、昭和12年から14年にかけて行われた大規模改装により艦容は一変、艦橋がより複雑な重層構造となったほか、後檣も大型化した。さらに、航空主兵主義を体現すべく、舷側のケースメイトに収められていた14センチ副砲は全廃し、ここに45口径十年式12.7センチ高角砲を据えた。このほかにも垂直防御の強化、バルジの増設など、各所に改装が加えられた。

改装後は、巡洋戦艦から戦艦に類別が変更されたが、通称「高速戦艦」として国民に親しまれている。

〇（マル）』」

中野通信長が報告を上げた。

「積極的に仕掛けるつもりはない、ということですか」

航海長宮尾次郎（みやおじろう）中佐が不満そうな声を漏らした。米新鋭戦艦との真っ向勝負を期待していたのかもしれない。

「パラオの防衛を優先したのだろう」

有馬は応えた。

米艦隊が発見された位置から見て、敵はペリリュー、アイライの両飛行場に対し、艦砲射撃を目論（もくろ）んでいると考えられる。

攻撃目標は、南に位置するペリリューが先になるはずだから、ペリリュー沖で待機していれば、敵は向こうからやって来るはずだ。

「敵の目標がパラオであれば、より遠方で迎撃すべきではないでしょうか？」

「一艦隊がパラオから離れた隙を突かれ、ペリリュー、アイライを叩かれる可能性もある」

「敵がパラオ攻撃を断念したら、敵艦隊撃滅の機会を逃すことになります」

「優先すべきは、敵艦隊の撃滅ではなく、パラオの防衛だ。敵が引き上げれば、目的は達せられる」

航空主兵思想の観点に立てば、長官の選択は正しい、と有馬は考えている。

帝国海軍の主力が空母と航空機である以上、飛行場の防衛を優先するのは当然の選択だ。

高須長官も、それが念頭にあったから、一艦隊にペリリュー沖での待機を命じたのだろう。

敵艦隊がパラオ攻撃を目指して北上して来れば、必然的に艦隊戦が生起（せいき）する。

全ては、米艦隊の選択次第だ。

（どっちを選ぶ、米軍？）

まだ姿を見ない敵に向かって、有馬は呼びかけた。

2

「対空レーダーに反応。方位一〇度、二〇浬」

アメリカ合衆国海軍第一〇任務部隊（TF10）旗艦「オハイオ」の艦橋に、レーダーマンのハリー・ジャクソン大尉が報告を上げた。

「オハイオ」は、新鋭戦艦アラバマ級の二番艦だ。TF10と第八戦艦戦隊（BD8）の旗艦を兼任する。

「ジャクソン、反射波の大きさは？」

「反射波自体は小さいのですが、機数は一〇機前後と見積もられます」

「オハイオ」艦長ルイス・バートレット大佐の問いに、ジャクソンは返答した。

「航海長、現在位置は？」

「ペリリュー島よりの方位一七〇度、三〇浬です」

バートレットの問いに、航海長マーチン・ギリアム中佐が海図を見て答えた。

「探知距離と機数から見て、敵の水上機と判断します」

「それだけでは、敵艦隊がいるかどうか判別できんな。敵艦から発進した観測機とも、パラオから発進した水上機とも取れる」

TF10の航空参謀ジョージ・キャシディ少佐の意見を受け、参謀長ジョニー・パワーズ大佐が言った。

「ジャップの艦隊は必ずいる」

断定口調で言ったのは、司令官のアラン・グルーバー少将だ。

「敵にとり、パラオは戦略上、死守しなければならぬ場所だ。特に二箇所の飛行場は重要拠点だ。ジャップの艦隊は、闇の向こうで待っている。それも、三隻の戦艦がな」

そうでなくては面白くない——グルーバーの口ぶりは、そう言いたげだった。

日本軍がパラオ近海に空母機動部隊と共に、水上砲戦部隊も展開させていることは、この日の昼間に判明している。

ハルゼー提督のＴＦ２より発進した偵察機が、「敵戦艦三隻、巡洋艦六隻見ゆ」との報告電を送っていたのだ。

ＴＦ10の任務はフィリピンから脱出したアジア艦隊の援護であり、日本艦隊の撃滅までは命じられていない。

だがグルーバーは、

「ジャップの戦艦を沈め、パラオの飛行場を叩けば、アジア艦隊は敵に脅かされることなくトラックに避退できる。これに優る援護はない」

と主張し、ＴＦ10に北上を命じていた。

「アジア艦隊からの通信は？」

「ありません」

グルーバーの問いに、情報参謀モーリス・ケイディン中佐が答えた。

「いいだろう。我々は心置きなく、ジャップの戦艦と戦えるわけだ」

グルーバーはパワーズ参謀長と顔を見合わせ、頷き合った。

アジア艦隊はフィリピンからトラックへの脱出に当たり、パラオの南を大きく迂回している。

現在は、ペリリュー島の南方三五〇浬付近を東に向かっているはずだ。

通信がない以上、アジア艦隊は日本軍の攻撃を受けることなく、トラックに向かっていると判断できる。

ＴＦ10は、敵艦隊との砲戦に集中できるのだ。

ＴＦ２の偵察機は、敵戦艦の一隻は連装砲塔五基、二隻は連装砲塔四基と報告している。

前者の主砲配置を採っている戦艦は、日本海軍でも最も大きな火力を持つ「赤城」しかない。

だとすれば、他の二隻は「アカギ」に次ぐ火力を持つ「長門」「陸奥」である可能性が高い。

一九四一年現在、これら三隻が、日本海軍が保有する四〇センチ砲搭載戦艦の全てであり、日本海軍最強の戦艦でもある。

「アカギ」「ナガト」「ムツ」を沈めれば、日本海軍は四〇センチ砲搭載戦艦を全て失い、合衆国海軍との差は絶望的なまでに開く。

戦艦部隊の指揮官としては、心躍る戦いであると同時に、巨大な武勲を手に入れる、またとない機会であろう。

「日本軍は日本軍で、合衆国の新鋭戦艦を屠る好機と睨んでいるかもしれません」

バートレットは、考えていたことを口にした。

グルーバーは、眉をひそめて聞いた。

「そのように考える根拠は？」

「マニラ湾口海戦では、コンゴウ・タイプ二隻を擁する日本艦隊が、『インディアナ』『マサチューセッツ』を沈めています。夜戦であれば勝機あり、と彼らは考えているのでは？」

「だとすれば、とんだ見込み違いになる」

グルーバーは笑い出した。

マニラ湾口海戦で、二隻のサウス・ダコタ級戦艦が沈められたのは、航空雷撃に伴う被害で射撃精度が大幅な低下を来していたためだ。

TF10は空襲を受けておらず、全艦がベスト・コンディションで作戦に臨んでいる。

敗北する要素は全くない、とグルーバーは自信ありげに言った。

「貴官は、合衆国の最新鋭戦艦を委ねられた身だ。自分が指揮する艦とクルーの力を信じろ」

グルーバーが笑ってバートレットの肩を叩いたとき、電測室から新たな報告が上げられた。

「対水上レーダーに反応。方位三五〇度、四万ヤード（約三万七〇〇〇メートル）。ペリリューの島影と思われます」

「敵の艦影はキャッチできないか？」

「島影だけです」

バートレットの問いに、レーダーマンは返答した。

「この距離では、島と艦の判別は難しいかもしれぬな」

　グルーバーが言った。

「オハイオ」と姉妹艦「アラバマ」は、今年制式採用されたSG対水上レーダーを竣工時から装備しているが、探知距離は最大二二浬（約四万メートル）だ。

　敵艦が陸地の近くに布陣していれば、レーダーによる探知は難しい。

「全艦、観測機発進！」

　グルーバーの表情から陽気さが消えた。顎が引き締められ、冷静な艦隊指揮官の表情になった。

「飛行長、観測機発進」

　バートレットは、飛行長のビル・マクナリー大尉に命じた。

　既に発進準備を整えていたのだろう、艦の後部から射出音が届き、爆音が聞こえ始めた。

　弾着観測に当たる水上機ヴォートOS2U〝キングフィッシャー〟が飛び立ったのだ。

　前を行く巡洋艦四隻と後続する「アラバマ」の艦上からも、キングフィッシャーが次々と射出される。

　TF10は、急速に戦闘準備を整えつつあった。

3

「爆音が聞こえます。左前方より接近！」

　第三水雷戦隊旗艦「川内」の艦橋に、見張員が報告を上げた。

「旗艦に信号。『敵観測機接近』」

「旗艦に信号。『敵観測機接近』」

　司令官橋本信太郎少将の命令を受け、「川内」艦長島崎利雄大佐は、信号員に命じた。

　現在、第一艦隊は無線封止中だ。司令部から「無線封止解除」の命令が届かない限り、命令の伝達や報告は信号灯が頼りとなる。

「川内」の信号灯が明滅し、第一艦隊旗艦「長門」に「敵観測機接近」と伝えられる。

　その間にも敵機は距離を詰め、艦橋にも爆音が届き始める。

「敵艦隊はどのあたりかな？」

「味方機の報告電から計算して、ペリリュー南端よりの方位一七〇度、一五浬前後と推測されます」

橋本の問いに、首席参謀の山田盛重中佐が答えた。

今より少し前、アラカベサン島の水上機基地より発進した零式水偵が、

「敵艦隊見ユ。位置、『ペリリュー』ヨリノ方位一七〇度、二五浬。二二〇六」

と報告している。

現在の時刻は二二時四八分、米艦隊の速力は一六ノット程度と推定されるから、敵はペリリューから約一五浬まで距離を詰めて来た計算になる。

「一五浬、ということは約二八〇〇（二万八〇〇〇メートル）か」

橋本が値踏みをするような口調で言った。

この日、空に月明かりはなく、海面は闇の底に沈んでいる。

仮に月光が海面を照らし出していたとしても、距離二万八〇〇〇メートルは、夜間の砲戦距離としては遠過ぎる。

また現在、第一艦隊の各艦は、ペリリュー島の南東岸に沿って布陣している。

司令長官の高須四郎中将は、ルソン沖海戦後半の夜戦で米戦艦がバターン半島の影を効果的に利用した戦訓に倣い、ペリリュー島の島影に隠れて戦う方針を採ったのだ。

一艦隊司令部としては、敵を引きつけてから叩くつもりであろう。

ただし、米側も水上機を飛ばして日本艦隊の所在を探っている。

島影に隠れての攻撃が、どこまで有効なのかは判然としなかった。

爆音が、次第に大きくなる。

「川内」では、高角砲員が七・六センチ単装高角砲の砲身に仰角をかけて天を睨んでいるが、三水戦司

令部からは、「別命あるまで発砲は禁ず」との命令が送られている。

発射炎による位置の暴露を警戒しているのだ。

三水戦も、後方に展開する第五、第六戦隊の重巡も、第一戦隊の戦艦三隻も、闇の底に身を潜め、沈黙を保っている。

爆音が、「川内」の頭上を通過した。

「後部見張りより艦橋。敵機、一戦隊に向かう」

との報告が上げられた。

「艦長より通信、敵信は傍受したか？」

「傍受された敵信はありません」

島崎の問いに、通信長矢崎武則少佐が即答した。

「川内」は大正一三年に竣工し、艦齢一七年に達する旧式艦だ。装備している通信機も、型が古い。

敵機から発せられた通信波の捕捉は、難しいかもしれない。

第一戦隊の三隻――交替で連合艦隊旗艦を務めている戦艦の通信設備であれば、傍受は可能かもしれないが。

敵機が、一旦第一艦隊の上空から離れた。

爆音が小さくなり、やがて消える。

それを待っていたかのように、信号長の石津公夫一等兵曹が報告を上げた。

「旗艦より信号。『合戦準備、夜戦ニ備ヘ。全艦、左砲雷戦』！」

「来たか！」

島崎は、橋本や山田と顔を見合わせて頷き合った。

おそらく「長門」の通信室が、敵機の報告電を傍受したのだ。

「合戦準備、夜戦に備え。砲雷同時戦用意！」

島崎は高声令達器を通じて、「川内」の全乗員に下令した。

「川内」の艦上に、新たな動きは起こらない。既に全乗員が、戦闘配置に就いている。指揮下にある一四隻の駆逐艦も同様だ。

第一艦隊の全艦が、命令あり次第、すぐにでも戦闘に移れるよう準備を整え、敵艦隊を待ち受けている。

二三時一四分、矢崎通信長が報告を上げた。

「索敵機より受信。『敵ノ位置、〈ペリリュー〉ヨリノ方位一七〇度、一〇浬。敵ノ並ビハ駆一二、巡四、戦二。二三〇七（フタサンマルナナ）』」

「来ますな」

山田が言ったとき、左前方の海面に複数の発射炎が閃いた。

「砲術より艦橋。敵艦、左六〇度、一五〇（ヒトゴマル）（一万五〇〇〇メートル）！」

射撃指揮所に詰めている砲術長小山恒夫（こやまつねお）中佐が報告した。

二十数秒が経過したとき、右後方の海面に複数の光源が出現し、おぼろげな光が降り注ぎ始めた。

「星弾か！」

島崎が叫び声を上げたとき、敵艦隊の頭上にも複数の光源が出現した。

青白い光の下に、複数の黒い点が見える。

米艦隊の星弾発射とほとんど同時に、日本側の観測機が吊光弾を投下したのだ。

数秒後、海面上の二箇所に、吊光弾の光をかき消さんばかりの強烈な閃光が走った。

「旗艦より入電。『無線封止解除。五、六戦隊、三水戦、突撃セヨ』！」

「三水戦全艦に命令。『戦隊針路一七〇度。三水戦突撃セヨ』！」

矢崎通信長の報告に続けて、橋本が大音声で下令した。

「航海、針路一七〇度！」

「艦長より機関長、最大戦速！」

「後続艦に信号。『我ニ続ケ』！」

島崎が、続けざまに三つの命令を出す。

「取舵一杯。針路一七〇度！」

航海長及川宏（おいかわひろし）中佐が操舵室に下令する。

舵が利き、「川内」の艦首が左に振られ始めたとき、敵弾の飛翔音が聞こえ始めた。

周囲の大気全体が激しく震えているような轟音が、左舷前方から急速に迫った。

島崎が大きく両目を見開いたとき、飛翔音は「川内」の後方へと抜けた。

水中爆発の炸裂音が伝わり、

「後部見張りより艦橋。『長門』『陸奥』の左舷側に弾着！」

との報告が上げられた。

左舷前方の海面に新たな発射炎が閃いたとき、「川内」は回頭を終え、直進に戻った。

機関の唸りが高まり、基準排水量五一九五トンの艦体が加速された。

迫る敵弾の飛翔音に抗うようにして、「川内」と一四隻の駆逐艦は突撃を開始した。


敵戦艦の射弾が「長門」「陸奥」の左舷側海面に落下する様は、後続する「赤城」の艦橋からもはっきりと見えた。

柱というより、山を思わせる巨大な海水の塊が、両艦の艦橋を大きく超えて伸び上がる。

基準排水量三万九一三〇トンの巨体が、束の間右舷側に傾斜したように見える。

爆圧が「赤城」の艦底部を突き上げることはないが、水中爆発の音は「赤城」の艦橋にまで伝わる。

「こいつが、長砲身四〇センチ砲の威力か」

有馬馨「赤城」艦長は、呻き声を発した。

ルソン沖海戦の後半戦――マニラ湾口で展開された夜戦で、重巡「高雄」が轟沈し、朝潮型駆逐艦が消し飛んだのも分かる。

自分たちは、紛れもない世界最強の艦載砲による砲撃を受けているのだ。

「砲術より艦橋。射撃目標は敵一番艦でよろしいですか？」

砲術長永橋為茂中佐が聞いた。

質問というより、催促(さいそく)に近い。

「目標への測的は完了した。早く『砲撃始め』を命じてくれ」

と言いたいのだ。

「少し待て。まだ、旗艦から命令が届いていない」

有馬は答えた。

陣形は、日本側が有利だ。

第一戦隊はペリリュー島の南東岸に沿って、針路を二四〇度に取っているのに対し、敵艦隊は針路を三五〇度に取り、まっしぐらに向かって来る。

日本海海戦の折、当時の連合艦隊がロシア・バルチック艦隊に用いた丁字(ていじ)戦法の形になっているのだ。

第一戦隊の三隻は、敵一番艦に全主砲を集中できるが、敵艦隊は前部の主砲しか使用できない。

問題は、砲戦距離が遠すぎることだ。

「赤城」の射撃指揮所は、敵一番艦との距離を「一(ヒト)六〇(ロクマル)（一万六〇〇〇メートル）」と報告している。昼間であればともかく、夜間の砲戦距離としては遠過ぎる。

敵弾の飛翔音が、再び聞こえ始める。

闇の彼方(かなた)から急速に迫り、第一艦隊の頭上を左から右に通過する。

今度は全弾が「長門」「陸奥」の右舷側海面に落下し、二隻の戦艦とペリリューの海岸の間に、巨大な海水の柱を噴き上げた。

「砲術、敵一番艦との距離は？」

「一五〇(ヒトゴマル)！」

有馬の問いに、永橋が返答する。

心なしか、声に苛立(いらだ)ちが感じられる。

早く撃たせてくれ。愚図愚図(ぐずぐず)していると「長門」「陸奥」が被弾する――そう言いたいのだろう。

左舷側海面に新たな発射炎が閃く。

光の中に、瞬間的に敵の艦影が浮かび上がる。

有馬や永橋が初めて自分の目で見る、米新鋭戦艦の姿だ。

敵弾がみたび、轟音と共に飛来する。

第三射弾も、全弾が「長門」「陸奥」の頭上を飛び越え、右舷側海面に海底の泥が混じった水柱を噴き上げる。

今度は一発が、「赤城」の右舷前方に落下した。

爆圧が艦橋に伝わり、艦首が僅かに持ち上げられたように感じられた。

水柱が崩れ、大量の海水が、「赤城」の艦首甲板や主砲塔の天蓋に降り注いだ。

濡れた塊が落下するような音は、海底の泥によるものか。

「赤城」が生を受けて以来、初めて経験する、至近弾落下の衝撃だ。

「旗艦より入電!」

弾着の狂騒が収まり、敵戦艦が第四射を放った直後、中野政知通信長が報告を上げた。

「一戦隊目標、敵巡洋艦。『長門』目標三番艦、『陸奥』目標二番艦、『赤城』目標一番艦。砲撃始メ」

「巡洋艦だと?」

「巡洋艦を撃てとの命令です。間違いありません」

聞き返した有馬に、中野は返答した。

「艦長より砲術。目標、敵巡洋艦一番艦。砲撃始め」

「巡洋艦ですか? 戦艦ではなく?」

「長官命令だ。急げ」

「目標、敵巡洋艦一番艦。測的始めます」

有馬の命令に、永橋はどこか不満げな声で復唱を返した。

(三水戦の援護が優先か)

高須一艦隊長官の意図を、有馬はそのように推測している。

先陣を切って突撃している三水戦にとって、脅威となるのが敵の巡洋艦だ。

重巡の二〇・三センチ砲であれ、軽巡の一五・二センチ砲であれ、防御力の弱い「川内」や駆逐艦であれば、数発の被弾で戦闘力を失う。

そこで、一戦隊の戦艦三隻が敵巡洋艦を叩き、三水戦に突撃路を開くのだ。

敵巡洋艦は、戦艦よりも距離が近いため、直撃弾を得られる確率も高い。

一戦隊の戦艦三隻は敵戦艦の砲撃にさらされるが、夜間に一万以上の距離で命中弾を得るのは難しい。

一戦隊が被弾する前に、三水戦と五、六戦隊が距離を詰め、雷撃を成功させる可能性に懸けるのだ。

「砲術より艦長。目標、敵巡洋艦一番艦。交互撃ち方にて砲撃始めます」

永橋が報告したとき、「赤城」の前方で発射炎が続けざまに閃き、長門型戦艦の艦影が、瞬間的に浮かび上がった。

「長門」「陸奥」が、一足先に砲撃を開始したのだ。

「よし、砲撃始め！」

最初に砲撃する目標が巡洋艦というのは、いささか不本意だが――そんな思いを抱きつつ、有馬は下令した。

直後、艦橋の前にめくるめく閃光が走り、左舷側に向けて巨大な火焔が噴出した。

炎の真下で、爆風を受けた海面が大きく凹む様が、艦橋から見て取れた。

雷鳴のような砲声が艦橋を包み、しばし何も聞こえなくなる。

主砲発射に伴う反動を受け止めた艦体が、武者震いのように震える。

「赤城」は各砲塔一門ずつの交互撃ち方で、第一射を放ったのだ。

日本戦艦三隻の発射炎は、第九巡洋艦戦隊（CD9）のブルックリン級軽巡洋艦とセントルイス級軽巡洋艦合計四隻の艦橋からもはっきりと認められた。

「敵戦艦発砲！」

の報告は、一番艦「フェニックス」の艦橋にも上げられたが、司令官フェアファックス・リアリー少将も、艦長ジェセフ・レッドマン大佐も、「了解」と返答しただけだった。

　ＣＤ９の役割は、戦艦二隻の援護だ。日本軍の巡洋艦、駆逐艦を撃破し、戦艦に一切手出しをさせないことだ。

　まずは、雷撃を狙って真っ向から突っ込んで来る日本軍の水雷戦隊を、毎分一〇発の速射性能を持つ一五・二センチ砲で叩きのめすつもりで、砲撃準備を進めていた。

「目標、敵一番艦。射撃準備よし！」

　砲術長ジム・ストーナー中佐が報告を上げたとき、敵弾の飛翔音が「フェニックス」の頭上を通過した。

「オーケイ、撃て（ファイア）！」

　頭上を圧する轟音に負けじと、レッドマンが大音声で下令したとき、新たな飛翔音が「フェニックス」に迫った。

　レッドマンが両目を大きく見開いたとき、艦の右舷側海面に巨大な水柱が奔騰し、凄まじい爆圧が艦底部を突き上げた。

「フェニックス」の艦体は、左に大きく傾き、次いで右に揺り戻された。有名なカリブ海のハリケーンに巻き込まれたときでも、これほどではあるまいと思わされるほど、艦が激しくローリングした。

「本艦が撃たれたのか？　戦艦に？」

　唖然（あぜん）とした口調でレッドマンが呟いたとき、

「後部見張りより艦橋。『ホノルル』『セントルイス』に至近弾。敵戦艦の砲撃と認む！」

　恐慌に駆られたような声で、報告が上げられた。

「信じられん（アンビリーバブル）……」

　リアリーも、茫然（ぼうぜん）と呟いている。

　ＴＦ10は先制の一撃を放ち、敵一、二番艦に至近弾を得ている。

　敵の主力たる戦艦を追い詰めている状況だ。

　にも関わらず、敵戦艦は「オハイオ」「アラバマ」ではなく、巡洋艦を狙って来たのか。

「敵戦艦発砲！」

　対処指示を出すよりも早く、ストーナー砲術長が報告を上げる。

再び敵弾の飛翔音が、ＣＤ９に迫る。

「砲撃を――」

リアリーが命令を出そうとしたとき、今度は「フェニックス」の左舷側に敵弾が落下する。

再び凄まじい衝撃が艦底部を突き上げ、艦が右に傾斜する。艦がこのまま横転するのではないかと思わされるほどだ。

一万トンの基準排水量を持つ鋼鉄製の巡洋艦が、嵐に巻き込まれたカラベルやキャラックのように激しく揺れ動いていた。

「目標を敵戦艦に変更しろ。連続斉射だ！」

たまりかねたように、リアリーが叫んだ。

軽巡の一五・二センチ砲弾では、戦艦の主要防御区画は貫通できないが、上部構造物や艦首、艦尾の非装甲部に対しては有効だ。

六秒置きの斉射によって、「オハイオ」「アラバマ」と共に敵戦艦を叩くのだ。

「目標、敵戦艦一番艦！」

レッドマンがストーナーに命じたとき、みたび敵弾の飛翔音が轟いた。

音が頭上を通過した直後、後方から炸裂音が届いた。

「ホ、『ホノルル』被弾！」

後部見張員の報告が届いたとき、「フェニックス」の艦尾付近に敵弾が落下した。

尻を蹴り上げられるような衝撃と共に、「フェニックス」は大きく前にのめった。束の間、艦橋の床が急坂と化し、リアリーを始めとするＣＤ９幕僚の何人かがよろめいた。

爆圧に持ち上げられた艦尾が、反動で沈み込み、艦は後方に仰け反る。

一八五・四メートルの全長と一八・八メートルの最大幅を持つ鋼鉄製の艦体が、為す術もなく揺さぶられていた。

「航海、推進軸と舵に異常はないか⁉」

「異常は報告されていません！」

レッドマンの問いに、航海長アレクサンダー・ソール中佐が即答した。

「目標、敵戦艦一番艦。射撃開始します！」

「オーケイ、撃て（ファイア）！」

ストーナーの報告を受け、レッドマンは即座に下令した。

被弾した「ホノルル」の状況は分からない。

「フェニックス」も、この次は直撃弾を受けるかもしれない。

それでも、艦が健在な限りは戦わねばならない。

前甲板に発射炎が閃き、下腹にこたえるような砲声が轟く。一五・二センチ三連装砲塔五基のうち、前方に指向可能な三基九門が第一射を放ったのだ。

「『セントルイス』『ブルックリン』射撃開始」

後部見張員が、僚艦の動きを報告する。

「ホノルル」の名はない。同艦は、戦闘不能に陥ったのだ。

「戦艦と巡洋艦の差か」

レッドマンは呟いた。

日本軍の戦艦が装備する四五口径四〇センチ砲は、サウス・ダコタ級やアラバマ級が装備する五〇口径四〇センチ砲よりも装甲貫徹力が小さい。

それでも、巡洋艦が相手であれば、一撃で戦闘不能に追い込めるほどの威力を発揮するのだ。

四度目になる敵弾の飛翔音が迫った。

再び後方から炸裂音が届き、「『セントルイス』被弾！」の報告が上げられた。

直後、「フェニックス」の頭上からも敵弾が落下した。

弾着の瞬間、至近弾とは比較にならない衝撃が「フェニックス」を襲った。

真上から、途方もなく巨大なものが落下するような一撃が襲ったと感じた直後、真下からも艦が突き上げられ、大きく持ち上げられたように感じられた。

艦が上下左右に激しく揺さぶられ、艦橋内の全員が大きくよろめき、あるいは転倒した。艦そのものが巨大なシェーカーとなって、振られているようだった。

衝撃が収まったとき、レッドマンは「フェニックス」の速力が大幅に低下していることを悟った。

この直前まで、三〇ノットの最大戦速で突進していた艦が、這い進むような速力になっている。

火災煙が、艦橋に流れ込んでいるようだ。

「艦長より機関長、状況を報告しろ！」

「後部に被弾。三、四番推進軸損傷。艦尾より浸水！」

レッドマンの問いに、機関長ケビン・オースチン中佐が報告した。

「砲撃を続けろ！　主砲はまだ生きている！」

リアリーが叫んだ。

艦は、まだ致命傷を受けたわけではない。主砲が一門でも健在である限り、戦い続けるのだ、と言いたげだった。

「砲撃続行！」

レッドマンがストーナーに命じ、前甲板から新たな砲声が轟いた。

艦は浸水によって縦傾斜(トリム)が狂い、射撃精度も低下している。九発ずつが発射された一五・二センチ砲弾は、見当外(けんとうはず)れの海面に落下するばかりだ。

それでも「フェニックス」は、砲撃を止めなかった。


射撃目標の変更命令は、敵巡洋艦一番艦への命中弾が確認された直後に届いた。

「司令部より入電。『一戦隊目標、敵戦艦一番艦』！」

「艦長より砲術。目標、敵戦艦一番艦！」

中野政知通信長からの報告を受けるや、有馬馨「赤城」艦長は、永橋為茂砲術長に下令した。

「目標、敵戦艦一番艦。交互撃ち方で行きます！」

永橋が弾(はず)んだ声で命令を復唱する。その命令を待っていました、と言いたげだった。

(巡洋艦は、戦闘不能に追い込むだけでよいということか)

有馬は、高須四郎一艦隊長官の考えを推測した。

第一戦隊が射弾を浴びせた三隻の敵巡洋艦は、いずれも沈んではいない。

一番艦は速力が大幅に低下したまま、主砲を乱射し続けている。

二番艦は行き足が止まり、火災を起こしている。

三番艦は航行可能なようだが、主砲は全て沈黙した状態だ。

これら三隻が無力化されたことは明らかだ。

無傷の巡洋艦が一隻残っているが、五、六戦隊で対処できるだろう。

この間、第一戦隊の三隻は直撃弾を受けていない。

一万五〇〇〇メートルは、夜間の砲戦距離としては遠いことに加え、第一戦隊はペリリュー島を背にしている。

高須長官の目論見(もくろみ)は、どうやら成功したようだ。

「目標、敵一番艦。主砲、射撃準備よし！」

永橋が報告したとき、前方で発射炎が閃いた。「長門」「陸奥」が、一足先に砲門を開いたのだ。

「撃ち方始め。『長門』『陸奥』に負けるな！」

有馬は、けしかけるような命令を発した。

直後、「赤城」の前甲板に新たな発射炎が閃いた。

敵巡洋艦に対しては、交互撃ち方で四回の砲撃を実施したため、通算五回目の砲撃になる。

瞬間的に、周囲が真昼のように明るくなり、轟然たる砲声と共に、下腹を突き上げるような衝撃が襲って来る。

各砲塔一門ずつ、合計五門の主砲から放たれた五発の四〇センチ砲弾が、「長門」「陸奥」から発射された八発を追って飛翔する。

入れ替わりに、敵戦艦の射弾が落下する。「長門」の左舷側海面と「陸奥」の後方だ。

巨大な水柱が奔騰し、しばし「長門」「陸奥」の巨体が見えなくなる。

轟沈を思わせる光景だが、水柱が崩れるや、二隻の巨艦が姿を現す。

「こちらの砲撃はどうだ？」

有馬は固唾を呑んで、敵戦艦に対する第一射の弾着を待った。

「長門」「陸奥」の射弾が先に落下する。

弾着観測用の染料で着色された水柱が、敵一番艦の姿を隠す。「長門」は青、「陸奥」は黄色だ。

二色の水柱が崩れ、敵一番艦が姿を現すや、

「だんちゃーく！」

ストップウォッチで時間を計測していた艦長付水兵の西谷修一等水兵が報告する。

吊光弾のおぼろげな光の下、赤く着色された水柱が奔騰し、敵一番艦の姿を隠す。

「赤城」の第一射弾の落下だ。

「観測機より受信。『敵一番艦ニ命中弾ナシ』」

中野通信長が報告を上げる。

（初弾命中とはいかぬな）

有馬は腹の底で呟く。

「赤城」の竣工は昭和二年。艦齢は一四年に達するが、それだけによく使い込まれ、乗員は艦の扱いに習熟している。「長門」「陸奥」も、この点については同じだ。

ベテラン乗員の腕をもってすれば、初弾命中も可能かと思ったが、期待通りにはいかない。

「長門」「陸奥」が第二射を放ち、「赤城」も続く。

三艦合計一三門の四〇センチ主砲が、時間差を置いて咆哮し、夜の海面を砲声が渡ってゆく。

これまでのように、「長門」「陸奥」への射弾は来なかった。

「艦長より砲術。敵の動き報せ！」

不審を感じた有馬の問いに、永橋が二秒ほどの間を置いてから答えた。

「敵一番艦、面舵！　二番艦、後続します！」

視界が開けたとき、ルイス・バートレット「オハイオ」艦長は、BD8の二隻が、日本艦隊と反航している様を見出した。

「砲術、敵との距離報せ」

「一万三〇〇〇ヤード（約一万二〇〇〇メートル）」

バートレットの問いに、砲術長ジャック・シャノン中佐が即答した。

「最も照準しやすい艦は？」

「二番艦です」

「よし、目標、敵二番艦。準備出来次第、射撃開始！」

バートレットは即断した。

砲戦距離が遠かったことに加え、敵が島を背にし、照準を付け難かったため、何度も空振りを繰り返し、多数の四〇センチ砲弾を海中に捨てたBD8だが、敵戦艦がCD9を相手取っている間に距離を詰めたのだ。

今度こそ、装甲鈑を貫いてやる。

4

日本戦艦三隻の第二射弾が轟音と共に飛来したとき、「オハイオ」「アラバマ」の二隻は、変針を終えつつあった。

「戻せ、舵中央！」

マーチン・ギリアム「オハイオ」航海長が操舵室に下令し、艦が直進に戻ると同時に、轟音を上げて飛来した敵弾が、次々と「オハイオ」の左舷側海面に落下した。

青く染まった水柱が奔騰し、崩れたかと思うと、黄色の水柱がそそり立つ。それが崩れ、視界が開けたと思った直後、赤く染まった水柱が「オハイオ」の左舷後方に突き上がる。

「オハイオ」が直進するとの前提で、未来位置に向けて発射された戦艦三隻の射弾は、全て海面を叩くだけに終わったのだ。

アメリカ海軍 BB-56 戦艦「オハイオ」

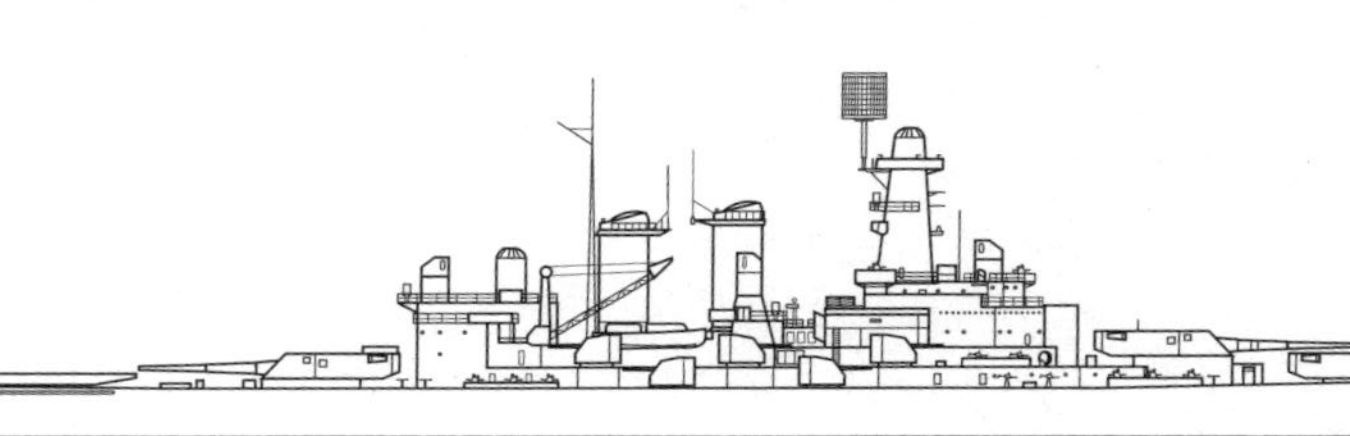

全長	230.0m
最大幅	33.0m
基準排水量	39,500トン
主機	GE式ギヤードタービン 4基／4軸
出力	130,000馬力
速力	28.0ノット
兵装	40cm 50口径 3連装砲 3基 9門 12.7cm 38口径 連装両用砲 10基 20門 28mm 4連装機銃 10基 12.7mm 単装機銃 12丁
航空兵装	水上機 3機／射出機 2基
乗員数	1,900名
同型艦	BB-55アラバマ

アメリカ海軍がニューヨーク海軍軍縮条約の失効後に建造した最新鋭戦艦、アラバマ級の２番艦。

主砲は、サウス・ダコタ級、レキシントン級と同じく、装甲貫徹力の高い50口径40センチ砲を採用した。その一方で、サウス・ダコタ級の最高速度23ノットでは空母との連携作戦が困難であるという戦訓を採り入れ、主砲塔を１基減らし、艦の重量を減らすことで速度性能を高めている。また、航空機の攻撃は艦の集中防御区画には通用しないまでも、非装甲の重要部分を損傷させることは可能、との戦訓により、12.7センチ連装両用砲を10基搭載するなど、対空火力も増強されている。さらには、新型のSG対水上レーダー、CXAM-1対空レーダーを備えるなど、今後の米海軍の戦艦部隊の中核をなすと期待されている。

「オハイオ」が射弾を放つ前に、敵の第三射弾が飛来する。

「『アラバマ』に至近弾！」

の報告が、後部見張員より上げられる。

これまでは「オハイオ」が敵戦艦三隻の砲撃を一手に引き受ける形になっていたが、反航戦に入ったことで、「アラバマ」にも砲門が向けられたのだ。

「目標、敵二番艦。射撃再開します」

シャノンが報告を上げ、「オハイオ」の左舷側に巨大な火焰がほとばしった。

条約明け後にアラバマ級戦艦が竣工してから初めての、実戦における斉射だ。

巨大な砲声も、発射の反動を受けて震える艦体も、高ぶる戦意を表しているかのようだ。

「『アラバマ』射撃開始」

との報告が後部見張員から届けられ、砲声が後方から伝わって来る。

入れ替わるように、敵の第四射弾が轟音を上げて飛来する。

「オハイオ」の周囲に噴き上がるのは、赤く着色された水柱だけだ。

日本艦隊は、一、二番艦が「アラバマ」を、三番艦が「オハイオ」を、それぞれ目標にしていると思われた。

「観測機より報告。弾着、全弾遠。目標の後方に落下」

通信長デビッド・マロリー中佐が報告した。

「反航戦となると、命中率は落ちるか」

アラン・グルーバーTF10司令官が舌打ち混じりに言った。

東郷提督（アドミラル・トーゴー）の名を世界に轟かせた対馬沖海戦（ツシマ）でも、反航戦時の命中率は、同航戦時の半分程度だったとの情報がある。

BD8と敵戦艦の相対速度は、当時よりも大きいことに加え、星弾のおぼろげな光を頼りにしての夜戦だ。

この状況で命中弾を得るのは至難と言える。

「同航戦に切り替えますか？」

パワーズ参謀長がグルーバーに聞いたとき、「オハイオ」は新たな射弾を放った。

艦橋から見た限りでは、第一、第二砲塔は、ほぼ真横を向いているように見える。

シャノン砲術長は先の弾着位置から、旋回角を修正したのだろうが、目標の前を狙い過ぎるのではないか、という気がした。

敵の第五射弾が、先に落下する。

「オハイオ」への射弾は、全弾が後方に落下し、艦尾から爆圧が伝わって来る。

（嫌な響きだ）

腹の底で、バートレットは呟いた。

直撃弾がないからといって、安心はできない。艦尾には舵、スクリュー・プロペラ等、艦の動きを司る装備が集中している。

至近弾の衝撃で、これらを損傷すれば、「オハイオ」は操舵不能か航行不能になる。

幸い「操舵不能」「推進軸損傷」といった報告はない。「オハイオ」は、針路、速度とも変わることなく進撃を続けている。

「そろそろ弾着だ」

バートレットが呟いたとき、ペリリュー島の手前に真っ赤な閃光が走り、敵戦艦の姿が赤々と浮かび上がった。

「やったか！」

「よくやった、艦長！」

バートレットに続いて、グルーバーが叫んだ。

何度も空振りを繰り返した「オハイオ」だが、ようやく命中弾を得たのだ。

「観測機より報告。敵二番艦の中央に命中。火災発生。速力低下の模様」

「艦長より砲術。目標の速力低下に注意！」

マロリー通信長の報告を受け、バートレットはシャノンに命じた。

「オハイオ」が敵三番艦の砲撃を受けている以上、目標を三番艦に変更すべきかもしれないが、司令官から「目標変更」の指示はない。

敵二番艦への砲撃を続行し、止めを刺すのだ。

「オハイオ」の全主砲が咆哮する。

発射の瞬間は、落雷さながらだ。雷光を思わせる強烈な閃光が走り、雷鳴さながらの巨大な砲声が轟く。

基準排水量三万九五〇〇トンの艦体は、発射の反動を受け止め、痺れるように震える。

弾着を待つ間、敵の第六射弾が来る。

今度も、全弾が空振りだ。敵戦艦の四〇センチ砲弾は「オハイオ」の後方に落下し、艦尾から爆圧が伝わるだけだ。

舵にも、推進軸にも異常はない。

合衆国海軍の最新鋭戦艦は、至近弾落下の衝撃に全く打撃を受けていないのだ。

「今度はどうだ？」

敵二番艦を見つめながらバートレットが呟いたとき、火災炎が大きく揺らめいた。

火災炎は、これまでにも増して拡大し、噴出した黒煙が後方になびき始めた。

直撃弾の閃光は見ていないが、「オハイオ」が新たな命中弾を得たのは確かなようだ。

「観測機より報告。敵二番艦に三発命中。火災拡大。速力推定一〇ノット」

「BD8、左一斉回頭。同航戦に移行する。『オハイオ』目標、敵三番艦！」

マロリーが報告を上げるや、グルーバーが下令した。

敵二番艦には相当な打撃を与えたが、まだ撃沈には至っていない。

止めを刺すべきだが、「オハイオ」は既に敵三番艦から砲撃を受けている。

二番艦には後で止めを刺すこととし、当面はより脅威の大きい三番艦を叩くというのがグルーバーの判断だ。

「取舵一杯。針路二四〇度！」

「艦長より砲術。目標、敵三番艦。回頭終わり次第砲撃始め！」

バートレットはギリアムとシャノンに下令した。

「取舵一杯。針路二四〇度！」

ギリアムが操舵室に下令するが、舵はすぐには利かない。「オハイオ」も「アラバマ」も、しばし直進を続ける。

舵の利きを待つ間、「オハイオ」は今一度、敵二番艦に射弾を浴びせる。

弾着と同時に、敵の火災炎が大きく揺らめき、炎は一層拡大する。

舵が利き始め、「オハイオ」の艦首が振られたとき、艦橋見張員から切迫した声で報告が飛び込んだ。

「敵水雷戦隊、左前方より突入して来ます！」

5

「オハイオ」の艦橋見張員が発見したのは、軽巡「川内」が率いる第三水雷戦隊だった。

当初、司令官の橋本信太郎少将は、

「針路一七〇度。最大戦速！」

を命じていた。

米艦隊は針路を三五〇度に取り、ペリリュー島の南東岸を背にした第一戦隊との距離を詰めようとしている。

北上して来る米艦隊、特に二隻の戦艦に対し、反航戦の形で雷撃を実施するのが、橋本の意図だったのだ。

ところが、途中で米艦隊が六〇度に変針したため、三水戦も変針を余儀なくされた。

橋本は「反航戦による雷撃」という方針を崩さす、三水戦に「針路二四〇度」を下令した。

敵戦艦との距離を六〇〇〇メートルまで詰め、今一息で雷撃の射点に付けると思っていたところで、敵が一斉回頭を実施したのだ。

「戦艦のくせに、ちょこまかと動き回りやがる！」

敵戦艦二隻の回頭を見た山田盛重首席参謀が舌打ちした。

敵が一斉回頭をかけた結果、三水戦は追いかける形になる。後方からの雷撃は悪手であり、命中はほとんど望めない。

「とにかく追うぞ！」

「航海、針路、速度共このまま！」

橋本の指示を受けた島崎利雄「川内」艦長は、及川宏航海長に命じた。

「針路、速度共このまま。宜候！」

及川が、命令を復唱する。

「川内」はこれまでと変わることなく、三水戦の先頭に立ち、三五・三ノットの最大戦速で疾駆する。

五五〇〇トン級軽巡の一艦として大正一三年に竣工した「川内」は、機関の構造上四本の煙突を持ち、旧式艦特有の野暮ったさを感じさせるが、韋駄天ぶりは他艦に比べて遜色ない。

七基の一四センチ単装砲を振りかざし、後方に一四隻の駆逐艦を従え、白波を蹴立てて夜の海面を突き進む。

前方に発射炎が閃き、艦影が浮かび上がった。

「正面に敵巡洋艦！」

艦橋見張員の叫び声に、敵弾の飛翔音が重なる。

三水戦の行く手を塞ぐかのように、多数の水柱が正面に奔騰する。

水柱の一つ一つは「川内」の上甲板に届くかどうかだが、数が多い。少なめに見積もっても、一〇本はある。

「ブルックリン級だな」

島崎が敵の正体を見抜いた。

敵の巡洋艦は、四隻中三隻を第一戦隊が仕留め、三水戦の突撃路を開いたが、残る一隻が前方に立ち塞がったのだ。

　敵の艦上に新たな発射炎が閃き、飛翔音が轟く。斉射は六秒から七秒置きに繰り返され、ブルックリン級のゴツゴツとした艦影が、発射炎の中に浮かび上がる。

「川内」の左右両舷に多数の水柱が奔騰し、艦の後部から衝撃と炸裂音が届く。

　ブルックリン級の一五・二センチ砲弾一発が、後部に命中したのだ。

「砲術より艦橋。七番主砲被弾！」

　小山恒夫砲術長が被害箇所を報告する。

　続けて三度目の斉射弾が落下し、再び艦の後部から衝撃と炸裂音が伝わる。

　およそ六秒から七秒置きに飛来する多数の一五・二センチ砲弾が、「川内」の上部構造物を粉砕し、艦体を抉り取って行く。

　五発目の被弾を数えたとき、「川内」の後方から前方に飛翔音が駆け抜けた。

　ブルックリン級の周囲に、続けざまに水柱が奔騰する様が、「川内」の艦橋からもはっきり見えた。

「ありがたい！」

　橋本の叫び声が、島崎の耳に伝わった。

　後続する第五、第六戦隊の援護射撃だ。

　五戦隊の妙高型重巡、六戦隊の青葉型、古鷹型重巡が前方に向けて撃てる主砲はそれぞれ四門。六艦合計で二四門となる。

　ブルックリン級の一五・二センチ砲弾より、一回り大きな射弾が、唸りを上げて殺到する。

　敵艦の周囲に水柱が奔騰し、直撃弾炸裂の閃光が艦上に走った。

　ブルックリン級は、なおも二度、連続斉射を繰り返したが、ほどなく沈黙した。

「副長より艦長。被弾五発。五、六、七番主砲、射出機、揚収機損傷。航行に支障なし！」

「後部が丸裸か」

　副長浅井五郎中佐の報告を受け、島崎は呟いた。

被弾は後部に集中し、一四センチ主砲三基と航空兵装を全てやられたが、前部四基の主砲と魚雷発射管は健在だ。

機関も健在であり、全力を発揮できる。

「司令官、このまま行きます」

「うむ！」

島崎の言葉に橋本が頷いた直後、左舷側に多数の発射炎が閃いた。

巡洋艦のそれとは異なる飛翔音が響き、左舷側海面の複数箇所で爆発が起こった。

「川内」だけではない。後続する駆逐艦「吹雪」や「初雪」、「叢雲」の周囲でも爆発が起きている。

「左舷正横、敵駆逐艦多数！」

「三水戦全艦、左砲戦！」

艦橋見張員の報告を受け、橋本が大音声で下令する。

「艦長より砲術。左砲戦。目標、左正横の敵駆逐艦！」

「左砲戦。目標、左正横の敵駆逐艦。宜候！」

島崎の命令に、小山が復唱を返す。

一拍遅れて「川内」の前甲板に発射炎が閃き、砲声が艦橋に届く。

健在な一四センチ単装主砲のうち、左舷側に指向可能な一、二、四番合計三門が砲門を開いたのだ。

（被弾していなければ）

ちらと、その思いが脳裏をかすめる。

先の被弾がなければ、五、六、七番主砲を合わせて、一度に六発を発射できた。

（被弾で損害が生じるのはお互い様だ）

島崎は、自身にそう言い聞かせた。

「川内」は、第二射、第三射と砲撃を繰り返す。

「一一駆、『吹雪』『初雪』『白雪』撃ち方始めました。

一二駆、『叢雲』『東雲』『白雲』撃ち方始めました」

後部見張員が、僚艦の動きを報告する。

一四センチ砲弾、一二・七センチ砲弾が飛び交い、海面で次々と爆発が起こる。

一度ならず、「川内」の至近距離に敵弾が落下し、肝（きも）を冷やす。

駆逐艦の一二・七センチ砲は、戦艦や重巡の乗員から「豆鉄砲」と揶揄（やゆ）されることもあるが、「川内」にとってはかなりの脅威だ。

軽巡とはいえ、防御装甲は「駆逐艦よりまし」という程度でしかない。

被弾すれば、残された主砲を吹き飛ばされたり、艦体を抉られたりすることは避けられない。

「殺（や）るか殺（や）られるかだ」

島崎が呟いたとき、「川内」の頭上を飛翔音が通過した。

敵駆逐艦の右舷側海面に、一四センチ砲弾や一二・七センチ砲弾のそれを遥かに凌ぐ水柱がそそり立ち、しばし敵駆逐艦の姿を隠した。

「しめた！」

橋本が叫んだ。

島崎も、状況を悟った。

後続する五、六戦隊の重巡六隻が、敵駆逐艦を撃ち始めたのだ。

敵の隊列の中に、爆炎が躍る。

炎の中に、駆逐艦の艦影が浮かぶが、すぐに隊列から落伍する。

続けて、敵駆逐艦の一番艦が火災を起こし、後方に黒煙をなびかせる。

「川内」の一四センチ主砲と、一一駆の三隻が装備する一二・七センチ砲の戦果だ。

敵一番艦が落伍した直後、敵の隊列の後方に、巨大な火柱が突き上がった。

「やったか！」

山田首席参謀が叫んだ。

重巡の二〇センチ砲弾か駆逐艦の一二・七センチ砲弾が、魚雷発射管か爆雷庫に命中し、誘爆を起こさせたのだ。

更に二隻の敵駆逐艦が被弾、炎上したところで、

「敵駆逐艦、取舵！」

小山が弾んだ声で報告を上げた。

敵駆逐艦の隊列が遠ざかってゆく様子が、「川内」の艦橋からもはっきり見える。

敵の指揮官は勝算なしと判断して、避退に移ったのだ。

「これで邪魔者は——」

橋本が言いかけたとき、

「後方に水柱確認！　味方駆逐艦一隻……いや二隻被雷！」

後部見張員が悲痛な声で報告を上げた。

「いかん……！」

島崎は事態を悟った。

敵駆逐艦は、ただ逃げ出したわけではなかった。避退する直前、魚雷を放ったのだ。

「各駆逐隊に命令。被害状況報せ！」

橋本が、通信室に命令を送る。

報告が届く前に、更に一隻が被雷する。

「一九駆、二〇駆より報告。被害艦は『敷波』『朝霧』『夕霧』」

矢崎武則通信長が報告した。

雷撃の被害は、隊列の後方に位置していた艦に集中したようだ。

「『敷波』『朝霧』『夕霧』に命令。『艦ノ保全ニ努メヨ』」

橋本が即座に命じる。

三水戦は、依然突撃を続けている。

駆逐艦三隻が被雷によって落伍したが、まだ一一隻の駆逐艦が健在だ。「川内」も主砲三基を失ったが、発射管は無傷で残っている。

左前方には、巨大な発射炎と浮かび上がる巨大な艦影、その周囲に繰り返し奔騰する水柱が見えている。

敵戦艦二隻が、第一戦隊と撃ち合っているのだ。

「艦長より砲術、敵の位置報せ」

「左七〇度、四五（四五〇〇メートル）！」

島崎の問いに、小山が即答した。

「射点はまだ遠いな」

島崎は呟いた。

三水戦は敵戦艦を追う形になっているため、雷撃の射点に付くまでに、どうしても時間がかかる。

「川内」が敵戦艦の正横に出るまで、約八分を要する計算だ。

その八分の間に、一戦隊の戦艦が致命傷を受ける可能性もある。

大丈夫だろうか、と懸念するが、旗艦艦長の身としては、「川内」の指揮に専念する以外にない。

「敵戦艦の艦上に発射炎！　両用砲らしい！」

不意に、艦橋見張員が叫んだ。

数秒後、敵弾多数の飛翔音が轟き、前方から左舷側の海面で、多数の爆発が起きた。

敵弾の飛来は、一度だけに留まらない。

四秒置きに多数の小口径砲弾が、唸りを上げて飛来し、「川内」の正面や左舷側海面に爆発の飛沫を上げる。

二隻の敵戦艦は、駆逐艦が撃退されたため、左右両舷に多数を装備する一二・七センチ両用砲を、三水戦に向けて来たのだ。

「三水戦、左砲戦。目標、左七〇度の敵戦艦！」

「艦長より砲術。目標、左七〇度の敵戦艦。砲撃始め！」

橋本が大音声で下令し、島崎は小山に命じる。

「目標、左七〇度の敵戦艦。砲撃始めます！」

小山が早口で復唱を返し、一拍遅れて「川内」の一四センチ主砲が火を噴く。

軽巡、駆逐艦の主砲弾に戦艦の分厚い装甲鈑を貫通する力はないが、上部に命中すれば、両用砲を破壊することは可能なはずだ。

後方からも砲声が届き、

「一一駆、一二駆、撃ち方始めました。一九駆、二〇駆、撃ち方始めました！」

後部見張員が報告を上げる。

不意に、敵戦艦二隻の後部に強烈な閃光が走った。

（まさか……）

　島崎が不吉な予感を覚えたとき、巨大な飛翔音が「川内」の頭上を、前から後ろに通過した。

「『那智』に至近弾！」

「まるで八面六臂だ」

　後部見張員の報告を受けた橋本が、唸り声を発した。感嘆と忌々しさが混じったような声だ。

　敵戦艦二隻は、前部の第一、第二砲塔で第一戦隊と渡り合いながら、後部の第三砲塔を五、六戦隊の重巡に向けた。

　並行して、一二・七センチ両用砲で三水戦と渡り合っている。

　敵ながら、驚き入った奮闘ぶりだ。

　砲声の合間を縫うようにして、通信室から報告が飛び込んだ。

「一艦隊司令部より入電！『三水戦、五、六戦隊、針路二八五度。直進ニ戻リ次第魚雷発射始メ』」

「通信、確かか？」

「間違いありません」

　橋本の問いに、矢崎通信長が返答した。

「司令部はどういうつもりで……」

　島崎も訝った。

　命令に従った場合、三水戦と五、六戦隊は、敵戦艦の右後方から雷撃を敢行することになる。

　後方からの雷撃では、命中はほとんど望めないが――。

「三水戦、針路二八五度。左魚雷戦！」

　橋本が、迷いを振り切るように命じた。

　疑問は残るが、司令部が命じた以上、従う以外の選択肢はないと判断したのだ。

「航海、針路二八五度！」

「艦長より水雷。左魚雷戦。直進に戻り次第、魚雷発射」

　島崎の命令を受け、及川宏航海長が操舵室に下令した。

「面舵一杯。針路二八五度！」

6

第三水雷戦隊と第五、第六戦隊に対する命令電は、「赤城」の通信室でも受信していた。

　中野政知通信長が、有馬馨艦長に報告したときには、三水戦は旗艦「川内」を先頭に、右に大きく変針している。

　二隻の敵戦艦は、右舷側に指向可能な全ての砲を動員し、砲戦を継続中だ。

　第一、第二砲塔は第一戦隊に向けられ、第三砲塔は後方の第五、第六戦隊を撃っている。

　一二・七センチ両用砲は、四秒置きに発射炎を閃かせ、三水戦に猛射を浴びせている。

　多数の発射炎が繰り返し閃く様は、海上に二つの活火山が出現したかのようだ。

　四〇センチ砲弾、一二・七センチ砲弾が唸りを上げて飛び、巨大な水柱を奔騰させ、あるいは夜目(よめ)にも白い飛沫を上げる。

　三水戦の駆逐艦に被弾した艦があるのか、隊列の中に火災炎が認められた。

　この間、「赤城」は「長門」と共に、二隻の敵戦艦と砲火を交わしている。

　距離約一万二〇〇〇メートルを隔てての同航戦だ。

　砲戦を開始したときは丁字を描いていたが、その後敵戦艦二隻は反航戦、次いで同航戦と、目まぐるしく変針した。

　その間に「陸奥」が被弾、落伍したため、現在は二対二の砲戦だ。「長門」が敵二番艦を、「赤城」は敵一番艦を、それぞれ相手取っている。

　彼我共に、直撃弾はない。

　互いに、重量一トンの巨弾を海中に叩き込み合っているだけだ。

　それでも、一度ならず至近弾の爆圧が艦底部を突き上げ、有馬をひやりとさせた。

（直撃したら、『陸奥』と同じ運命だ）

不吉な未来図が、有馬の脳裏に浮かぶ。

一万二〇〇〇メートルは、夜間の砲戦距離としては遠い。吊光弾や星弾の照明があっても、目標を捕捉するのは難しい。

だが、四〇センチ砲弾の装甲貫徹力は高くなる。「陸奥」が数発の直撃弾で戦闘力を喪失したことからも、近距離における四〇センチ砲弾の破壊力が分かる。

「赤城」は、長門型戦艦よりも防御装甲が強化されているが、一万二〇〇〇メートルの距離から撃ち込まれる四〇センチ砲弾の前には、おそらく無効だ。

主要防御区画であっても貫通され、致命傷を受けかねない。

「陸奥」と同じ運命を免れる道は二つ。「赤城」が砲戦で打ち勝つか、三水戦と五、六戦隊が雷撃を成功させるかだ。

今のところ、砲戦で勝てる見通しは少ない。「赤城」も、前を行く「長門」も、空振りを繰り返すばかりだ。

有馬としては、雷撃の成功に期待していたが――。

「通信より艦橋。各駆逐隊より『魚雷発射完了』の入電あり！」

中野が、弾んだ声で報告したとき、新たな敵弾の飛翔音が迫った。

今度は全弾が「赤城」の前方に落下し、奔騰する水柱が艦の行く手を遮る。

崩れる海水の真下に艦首が突っ込み、艦首甲板や主砲塔の天蓋に激しい飛沫が上がる。

「了解！」

狂騒が収まったところで、有馬は中野に返答した。

三水戦の駆逐艦は、一一隻が健在だ。発射雷数は合計九九本。「川内」の魚雷が加われば一〇三本となる。

気がかりなのは、目標の右後方からの雷撃であること、発射された魚雷が、やや旧式の八年式魚雷と九〇式魚雷であることだが――。

「赤城」も、新たな射弾を敵一番艦に見舞う。

各砲塔の一番砲、合計五門が咆哮し、重量一トンの巨弾五発を発射する。

砲撃の瞬間、強烈な光が左舷側海面を照らし出し、「赤城」の巨体は反動を受けて震える。

「司令部より入電。『二戦隊、左一斉回頭』！」

砲撃の余韻が消えたとき、中野が緊張した声で報告した。

（危険だな）

一瞬、有馬は危惧した。

回頭中の艦は、敵から見れば静止目標に等しい。これまで被弾を免れてきた「赤城」と「長門」が、今度こそ直撃弾を受けるかもしれない。

「航海、取舵一杯。針路六〇度！」

「取舵一杯。針路六〇度。宜候！」

宮尾次郎航海長が復唱し、操舵室に下令する。

操舵室に「取舵一杯。針路六〇度」との指示が送られるが、舵はすぐには利かない。

「赤城」は、依然直進を続けている。

「三水戦より入電。『全艦、魚雷発射完了』。五、六戦隊からも、同様の入電あり！」

舵の利きを待つ間に、中野が報告を上げる。

その声に、敵弾の飛翔音が被さる。

敵弾の一部は「赤城」の頭上を飛び越えて右舷側海面に落下し、一部は後方に落下する。右舷艦底部と艦尾から伝わる爆圧が、艦を上下に振動させる。

「赤城」も、各砲塔の二番砲で射弾を放つ。

四〇センチ砲五門発射の砲声が、夜の大気を激しく震わせ、艦橋の真下から衝撃が突き上がる。

数秒後、「赤城」が回頭を開始した。

敵一番艦の艦上にも、新たな発射炎が閃いた。

「赤城」は降って来る巨弾の下に自ら突っ込むような形で、艦首を左に振ってゆく。

敵弾の飛翔音が、急速に拡大した。

合衆国戦艦「オハイオ」が放った四〇センチ砲弾九発が噴き上げた水柱は、星弾のおぼろげな光によって、艦橋からぼんやりと視認できた。

水柱が崩れたとき、敵三番艦の艦尾付近からなびく黒煙が、はっきりと認められた。

赤い光が躍る様も見て取れる。

「砲術、続けて撃て!」

ルイス・バートレット「オハイオ」艦長は、射撃指揮所にけしかけるような命令を送った。

何度も空振りを繰り返した「オハイオ」だったが、回頭中の敵を撃つことで、ようやく命中弾を得た。

命中だけではない。火災炎という格好の射撃目標も生まれている。

この機を逃さず、敵を叩きのめすのだ。

「オハイオ」の四〇センチ主砲九門が、新たな咆哮を上げる。九門の砲口から巨大な火焰がほとばしる瞬間は、ギリシャ神話に登場するヒドラが、九つの頭から火を噴く様を思わせる。

「敵一番艦にも命中弾!」

艦橋見張員の報告を受け、バートレットは敵一番艦に双眼鏡を向けた。

こちらも敵三番艦同様、艦上に赤い光が躍っている。姉妹艦の「アラバマ」も、命中弾を得たのだ。

(勝てる!)

バートレットは、確かな感触を得た。

BD8は、既に敵戦艦の二番艦を戦闘不能に追い込んでいる。一、三番艦を撃沈すれば、この海戦はTF10の勝利だ。

バートレットは期待を込めて、弾着の瞬間を待ったが——。

「全弾、遠! 目標の後方に落下!」

ジャック・シャノン砲術長が報告した。

敵戦艦二隻は既に回頭を終え、反航戦の態勢に移行している。

「オハイオ」の射弾は、惜しいところで目標を取り逃がしたのだ。

「司令官、我が隊も回頭を！」

「駄目だ。今回頭すれば、被雷する！」

バートレットの具申を、アラン・グルーバーTF10司令官は即座に却下した。

この直前、BD8の後方から迫っていた日本軍の水雷戦隊と巡洋艦六隻は、「オハイオ」に追いつく前に、二八五度に変針している。

グルーバーは、敵の駆逐艦、巡洋艦が、「オハイオ」の右後方から魚雷を発射したと睨んだのだ。

「ジャップの戦艦は自らを囮として、本艦と『アラバマ』を魚雷網の中に誘い込むつもりだ。回頭すれば、奴らの術中に陥る」

「ですが、このままでは敵戦艦二隻を取り逃がします」

「本艦と『アラバマ』の安全が優先だ。奴らを仕留める機会は、また巡って来る」

「分かりました。航海長、針路このまま。両舷前進全速！」

バートレットは、マーチン・ギリアム航海長に下令した。

魚雷に対しては艦首を正対させ、対向面積を最小にするのが回避の常道だが、そのような動きをすれば、回頭中に被雷する危険がある。

逆に、魚雷に艦尾を向ける選択肢もあるが、回頭すれば必然的に速力の低下を招き、魚雷に追いつかれかねない。

ここは全速航進で、魚雷を振り切るのが最善だ。

「両舷前進全速！」

ギリアムが機関室に下令し、「オハイオ」が増速する。

一三万馬力の機関出力を目一杯発揮し、二八ノットの速力で魚雷を振り切りにかかる。

「右一三五度より雷跡多数！」

「来たか……！」

後部見張員からの報告を受け、バートレットは呻いた。

グルーバー司令官の見立て通りだった。

日本軍の駆逐艦、巡洋艦は、ＢＤ８の右後方から多数の魚雷を放っていたのだ。

「砲術より艦長。機銃で魚雷を撃ちます！」

「やってくれ！」

シャノンの具申に、バートレットは即答した。

機銃の連射音が響き、「オハイオ」の右舷側から何条もの青白い火箭が、海面に噴き延びた。

片舷に五基を装備する二八ミリ四連装機銃が、射撃を開始したのだ。

乱射される二八ミリ弾が、魚雷を片端から誘爆させることを期待したが、何も起こらない。戦艦を狙って雷撃したため、駛走深度が深めに取られているのかもしれない。

「雷跡四〇〇ヤード！　三〇〇ヤード！」

艦橋見張員が悲鳴じみた声で報告する。

「オハイオ」は前を行く「アラバマ」共々、二八ノットで直進するだけだ。

「雷跡、艦尾付近を通過。後方から、新たな雷跡五……いや六！　距離四〇〇ヤード！」

後部見張員が状況を知らせる。

「ジャップめ、何本の魚雷を発射しやがった！」

ジョニー・パワーズ参謀長が毒づく。

「オハイオ」は、全速航進を続けている。

魚雷は右舷後方から、次々と襲って来る。

回避に成功したと思っても、安心はできない。新たな雷跡が迫っている。

（神よ、『オハイオ』を守りたまえ）

故郷の教会で見たキリスト像を思い浮かべながら、バートレットは祈った。

他に、できることはなかった。

やがて――。

「新たな雷跡、視認できません！」

その報告が上げられたとき、ようやくバートレットは安堵の息を漏らした。

日本艦隊が、何本の魚雷を発射したのかは分からないが、「オハイオ」と「アラバマ」はその全てをかわしたのだ。

「司令官、反転しましょう。ジャップの戦艦に止めを――」

　パワーズ参謀長が意気込んだ様子で言ったとき、艦尾から突き上げるような衝撃が襲って来た。

　衝撃は艦首までを刺し貫き、艦が僅かに前方にのめったように感じられた。

「魚雷が残っていたか……！」

　バートレットの口から、呻き声が漏れた。

　全ての魚雷を回避したと思ったのは早計だった。一本が、「オハイオ」の艦尾に命中したのだ。

「航海長、舵や推進軸に異常はないか⁉」

　バートレットが気を取り直してギリアムに聞いたとき、

「敵戦艦反転。針路二四〇度。我が方に向かって来ます！」

　レーダーマンが報告を上げた。

「来たか、ジャップ……！」

　グルーバーが唸り声を発した。

　日本軍の戦艦二隻が、「オハイオ」「アラバマ」と決着を付けるべく戻って来たのだ。

「敵は、一番艦を見捨てるつもりでしょうか？」

　宮尾次郎「赤城」航海長は、しきりに首を捻っている。

　たった今、永橋為茂砲術長が、

「敵二番艦取舵。離脱の模様！」

と、報告して来たのだ。

　観測機も、

「敵艦隊、一八〇度ニ変針」

との報告電を送っている。

　敵一番艦――艦尾に被雷した米軍の最新鋭戦艦は、舵を損傷したのか、同じ場所で旋回を繰り返している。

敵一番艦だけではない。

第一戦隊に四〇センチ砲弾を叩き込まれて戦闘不能となった敵巡洋艦も、三水戦との戦闘で火災を起こした敵駆逐艦も、行き足が止まったままだ。

米艦隊の残存艦は、これらの艦を置き去りにし、戦場から避退する動きを見せている。

「航海長の言った通りかもしれぬ」

有馬馨「赤城」艦長は言った。

敵戦艦の一番艦は操舵不能となり、運動の自由を失った状態だ。

二番艦は健在だが、一番艦をかばって戦うとなれば、共倒れとなる可能性が高い。

米艦隊は、航行不能になった艦を救うより、健在な艦の生還を優先したのではないか。

「ですが、最新鋭戦艦を……」

「最新鋭戦艦であっても、救出不能であれば切り捨てざるを得ない。米軍の指揮官は、そう判断したということだ」

「旗艦より入電！『目標、敵一番艦。砲撃ヲ再開セヨ』」

有馬と宮尾のやり取りは、通信室からの報告によって中断された。

「艦長より砲術。目標、敵一番艦。砲撃再開」

「目標、敵一番艦。砲撃を再開します」

有馬は即座に射撃指揮所に下令し、永橋為茂砲術長が復唱を返す。

前甲板では、第一、第二砲塔が旋回し、太く長い砲身が俯仰する。

先に、敵戦艦の四〇センチ砲弾一発を被弾し、射出機と飛行甲板に損害を受けたが、五基の四〇センチ連装砲塔は無傷だ。

夜間に一万二〇〇〇メートルの砲戦距離を取ったため、これまで全く命中弾を得られなかった「赤城」だが、今度こそは、との思いがあった。

「主砲射撃準備よし。砲撃始めます」

永橋が報告したとき、敵一番艦の艦上に発射炎が閃いた。

　舵を破壊され、操舵不能となった状態では、射撃精度を確保できない。

　にも関わらず、敵一番艦は反撃に出たのだ。

　前方にも、閃光が走った。「長門」の艦影が浮かび上がった。

　旗艦が、一足先に砲撃を開始したのだ。

「こちらも行け。後れを取るな！」

　有馬は、力のこもった声で下令した。

　その命令が引き金となったかのように、「赤城」の前甲板から左舷側に向けて、巨大な火焔がほとばしった。

　前甲板と後甲板で轟いた砲声が一つに合わさり、「赤城」の艦橋を包み込む。基準排水量四万三〇〇〇トンの艦体が、激しく震える。

　敵弾が、先に飛来した。飛翔音が、急速に拡大した。

　先に被弾したときの衝撃を思い出し、有馬は肝を冷やしたが、轟音は「赤城」の頭上を通過した。

　弾着の水音が伝わるが、水柱は視認できない。敵弾は、艦橋の死角に落ちたようだ。

「右後方に水柱確認。至近弾なし！」

　後部見張員から報告が上げられたとき、「長門」「赤城」の射弾が相次いで落下した。

　敵一番艦の艦上に爆発光が閃き、左右両舷に水柱が奔騰する。「長門」の射弾であることを示す青い水柱だ。

　水柱が崩れるや、新たな直撃弾炸裂の閃光が走り、赤く着色された水柱が、敵艦の周囲にそそり立つ。

「よし……！」

　有馬は、満足の声を上げた。

「赤城」は、ようやく最初の命中弾を得た。砲撃再開後、最初の砲撃で、一発を直撃させたのだ。

「砲術より艦長。次より一斉撃ち方！」

「了解した！」

　永橋の報告に、有馬は即答した。

弾着修正用の交互撃ち方を、主砲全門の斉射に切り替えるのだ。「長門」の砲術長も、同様の報告を行っているであろう。

敵戦艦の艦上に、新たな発射炎が閃く。

吊光弾のそれとは比較にならない強烈な閃光が、敵艦の姿を闇の中にくっきりと浮かび上がらせる。

この日何度も聞いた敵弾の飛翔音が、今一度「赤城」に迫るが、今度も命中はない。

敵弾は「赤城」の艦首を飛び越し、右前方の海面に水柱を噴き上げる。

(闘志は見上げたものだが、舵をやられた状態ではどうにもなるまい)

有馬は、敵一番艦に呼びかけた。

操舵不能となり、同じ場所で回頭を続けながら砲撃を行っても、砲弾は見当外れの海面に落下するだけだ。

足を負傷し、立つこともままならなくなった剣士が、ふらつきながらも剣を振り回している様を思わせた。

前方に、これまでにも増して強烈な閃光が閃き、「長門」の姿がこれ以上はないほどくっきりと浮かび上がった。

旗艦の斉射だ。八門の四〇センチ主砲が火を噴いたのだ。

僅かに遅れて、「赤城」の前甲板からも巨大な火焔が噴出した。

炎の下、爆風で大きく押し下げられる海面がはっきりと見えた。交互撃ち方のそれに倍する砲声が轟き、艦全体を包んだ。鋼鉄製の艦体が、痺れるように震えた。

昭和二年の竣工以来、「赤城」が初めて実戦で放つ、四〇センチ主砲一〇門の斉射だった。

時間差を置いて放たれた一八発の四〇センチ砲弾が、敵戦艦目がけて飛ぶ。

「長門」の斉射弾が最初に落下し、青い水柱が敵艦を包む。

それが崩れるや、「赤城」の斉射弾が着弾する。

敵の艦上に三箇所、真っ赤な火焔が躍り、炎と競い合うような色に染め上げられた水柱が、敵艦を包み込む。

「艦長より砲術、ただ今の砲撃見事なり！」

有馬は永橋に賞賛の声を送った。

一度の斉射で三発の命中とは、かなりの精度だ。

「赤城」は、これまでに繰り返した空振りの埋め合わせをするかのように、直撃弾を連続している。

「敵が消えるまで、斉射を続行します」

永橋は、落ち着いた声で返答した。

敵戦艦の艦上に、新たな閃光が走る。少なめに見積もっても、六発の四〇センチ砲弾が命中したはずだが、参った様子はない。新鋭戦艦に相応しい頑強ぶりだ。

「長門」が第二斉射を放ち、「赤城」も続く。

閃光が周囲を真昼に変え、雷鳴さながらの砲声が轟き、鋼鉄製の艦体が震える。

敵一番艦の射弾は、「赤城」と「長門」の中間海面に落下する。

噴き上げた水柱が「長門」の姿を隠すが、すぐに崩れ落ちる。

有効弾となる射弾は、一発もない。全て、目標から大きく外れた海面に落下している。

逆に「長門」「赤城」の射弾は、一斉射毎に敵戦艦の艦体を抉り、上部構造物を破壊する。

火災は艦上の複数箇所で発生しており、格好の砲撃目標となっている。

直撃弾が炸裂する度、艦上の炎が大きく揺らめき、無数の火の粉が飛び散る。火災炎は一層拡大し、艦上を覆って行く。

（耐え忍んだ甲斐があった）

一艦隊司令部との打ち合わせを、有馬は思い出している。

「敵戦艦、特に新鋭戦艦やサウス・ダコタ級戦艦との砲戦になった場合、第一戦隊は当面、牽制に徹する。遠距離砲戦によって、被弾確率を最小限に抑え、その間に三水戦、五、六戦隊に突入させて、雷撃を敢行させる。雷撃が成功したら、一戦隊は敵との距離を詰め、砲撃によって止めを刺す」

参謀長小林謙吾大佐は、そのように作戦案を説明し、戦艦三隻の艦長や五、六戦隊、三水戦の司令官に協力を求めた。

その作戦は、一応の成功を見たと言っていい。

「陸奥」が被弾、落伍したこと、魚雷の命中が僅か一本に留まったことは誤算だったが、敵艦隊を退却させることはできたのだ。

後は、敵一番艦を「長門」「赤城」の砲撃で討ち取るだけだ。

九回目の斉射弾が着弾した直後、

「司令部より受信。『砲撃止メ』」

中野が命令電を伝えた。

敵一番艦は、第八斉射が着弾したあたりから沈黙している。

司令部は、敵艦が戦闘力を喪失したと判断したのだ。

「艦長より砲術。砲撃止め！」

有馬は永橋に命じた。

「赤城」の主砲が、しばし沈黙した。

砲身は仰角をかけたままだ。

敵一番艦は、艦首から艦尾までの至るところで、大小の火災を起こしている。

火災炎は、艦内でも荒れ狂っているであろうことが想像できる。

戦闘力を失っているものと推察されるが、確実なことはまだ分からない。

敵艦がなお抵抗を続けるようであれば、有馬は直ちに砲撃の再開を命じるつもりだった。

「長門」の艦上から、探照灯の光が投げかけられ、点滅した。

信号灯では光が届かないとみて、探照灯が用いられたのだ。

敵一番艦に、降伏勧告を送っている。

高須長官は、これ以上は戦闘ではなく殺戮に過ぎないと考えたのだろう。

敵艦からの応答はなかった。

代わりに、観測機の一機が報告電を送って来た。

「本艦一号機より受信。『敵一番艦ノ乗員脱出ヲ認ム』」

「総員退艦の命令が出たな」

有馬は、宮尾と頷き合った。

敵艦の艦長は艦が戦闘力を喪失したと判断し、総員退去を命じたのだ。

「長門」の信号に応答がなかったのは、探照灯も信号灯も破壊され、返信を送れなかったのではないか。

艦隊司令部から、すぐには新たな命令が来ない。

先に避退した米艦隊が反転し、再攻撃をかけて来る可能性を考えているのだ。

全艦が臨戦態勢のまま、警戒を続けている。

（助けてやりたいが、米艦隊の動向が分からぬのでな）

有馬は、退艦中の敵兵に心中で詫びた。

およそ二時間後、

「索敵機より受信。『敵艦隊ノ位置、〈ペリリュー〉ヨリノ方位一八〇度、五〇浬。敵針路一八〇度。〇一五二』」

との報告が上げられた。

続けて艦隊司令部より、

「一一駆、一二駆ハ溺者ヲ救助セヨ。他艦ハ引キ続キ敵艦隊ノ反撃ニ備ヘヨ」

との命令電が届いた。

「赤城」が「長門」や五、六戦隊と共に、依然警戒に当たる中、三水戦の隊列から、駆逐艦六隻が離れた。

溺者救助が始まった。

7

TF10敗北の報せが伝わって来たとき、アメリカ合衆国海軍アジア艦隊は、ペリリュー島の南南東四〇〇浬の海面を、東に向けて進んでいた。

最新鋭戦艦二隻を擁する水上砲戦部隊の敗北は司令部を驚愕させたが、アジア艦隊が本国の作戦本部から受けている命令は、フィリピンからの脱出とトラック環礁への回航だ。

アジア艦隊は、針路、速度とも変えることなく、一四ノットの艦隊速力で、ひたすらトラックを目指していた。

現地時間の一一月二〇日九時四三分、アジア艦隊各艦の艦内に警報が鳴り渡った。

「対空戦闘準備！」

の号令と共に、一二・七センチ両用砲の砲員、二八ミリ四連装機銃や一二・七ミリ単装機銃の機銃員が配置に就く。

砲身、銃身に目一杯仰角がかけられ、天を睨む。

空母がいれば、飛行甲板上で待機していた戦闘機が直ちに発艦するところだが、現在のアジア艦隊に空母はない。

対空火器による対抗が精一杯だ。

敵機は、ほどなくアジア艦隊の上空に姿を現した。

「敵は単機！」

の報告が、各艦の艦橋に上げられた。

「偵察機だな」

輪型陣の右後方を固める重巡洋艦「ポートランド」の艦長ローレンス・T・デュボース大佐は、そう直感した。

空母の艦上機か、パラオから発進した機体かは不明だが、日本軍の偵察機が飛来したのだ。

ただしパラオの敵飛行場は、昨日、ハルゼー提督のTF2が叩き、使用不能になっている。

日本軍の機動部隊も空母が被弾損傷し、後退しているはずだ。

　この状況で、偵察機が飛来したとなると――。

「見張り、敵の機種は分かるか？」

「敵は四発の飛行艇。九七式大艇と思われます」

「メイヴィスか」

　デュボースが敵機のコード名を呟いたとき、

「艦長、お電話です」

　艦長付のサム・コリンズ一等水兵が報告した。

「今の警報は、どういうことかね？」

　尊大そうな声が、受話器の向こうから流れ出した。

「ポートランド」に乗艦しているアメリカ極東陸軍総司令官ダグラス・マッカーサー大将の声だった。

　乗艦後は、艦長室を使っている。マッカーサーの立場と階級を考えれば、艦長室の提供は止むを得なかったが、デュボースとしては好意的にはなれない。

「日本軍の偵察機です。パラオの基地から、発進したものと推定されます」

「空襲があると？」

「可能性は少ないですが、ゼロではありません」

　デュボースは、言葉を選びながら答えた。

　パラオの日本軍には、アジア艦隊に長距離爆撃をかける余裕はないと思われるが、一〇月二五日のリンガエン湾海戦以降、日本軍がアジア艦隊を壊滅させるべく、血眼になっていたのは事実だ。

　アジア艦隊の位置を知れば、多少の無理をしても、攻撃して来る可能性はある。

「……今からでも、乗艦を戦艦に変更して貰うことはできないか？」

　幾分か躊躇いがちに聞いたマッカーサーに、デュボースはたしなめるような口調で言った。

「かえって危険です」

　リンガエン湾海戦の戦訓から見て、日本軍は戦艦に攻撃を集中すると考えられる。

　マッカーサーの乗艦を、最も安全そうな戦艦ではなく、比較的目立ち難い重巡にしたのは、敵の攻撃目標となる確率を下げるためだ。

デュボース個人としては、マッカーサーの他艦への移乗は歓迎したいところだが。

「しかし……」

「閣下の御身は、このデュボースが責任を持って御守りします。何も御心配なさらず、艦長室でお休み下さい」

それだけを言って、デュボースは受話器を置いた。

「司令部の提案通り、潜水艦で避難すべきだったんだ、将軍は」

と、口中で呟いた。

マッカーサーがフィリピンから退去するに当たり、アジア艦隊司令部は、潜水艦による脱出を提案した。

潜水艦であれば、日本軍に発見されることなく、トラックまで行き着ける可能性が高い。

考えられる限り、最も安全な手段だ。

だがマッカーサーはこれを峻拒し、水上艦艇による避難を強く望んだ。

好悪の感情はともかく、「ポートランド」の艦長としては、マッカーサーの安全に最大限の配慮をするつもりだ。

とはいえ、不幸にして「ポートランド」が被弾した場合、マッカーサーの身を確実に守れるかどうかは分からなかった。

一四時四〇分、再びアジア艦隊の各艦に警報が鳴り響いた。

「J（日本機）群、約六〇機！　方位三三〇度、高度一万二〇〇〇フィート！」

「ポートランド」の艦橋に、砲術長クリス・ブラナー中佐が報告を上げた。

「砲術長、敵機に降下の動きはないか？」

「ありません。三角形の陣形を組み、当隊に接近して来ます」

「水平爆撃だな」

ブラナーの答を聞き、デュボースは日本軍の戦術を見抜いた。

水平爆撃なら、雷撃よりは危険が少ない。

静止目標ならともかく、移動目標に対する水平爆撃は、命中率が非常に小さいためだ。

ただし、高度一万二〇〇〇フィートから投下された爆弾は、弾着時の運動エネルギーが大きくなり、装甲貫徹力が増す。

命中率が低いからといって、油断はできなかった。

「敵機、後方に回り込みます！」

後部見張員が報告する。

日本軍の指揮官は、アジア艦隊を追い抜きつつ投弾するつもりだ。相対速度を小さくし、命中確率を高めるつもりであろう。

隊列の後方から、砲声が伝わった。後方を守る艦が、対空射撃を開始したのだ。

砲声は、次第に「ポートランド」に近づいて来る。

「射撃開始！」

頃合いよし、と見て、デュボースは下令した。

艦橋の両脇から、砲声が連続して轟き始めた。

八基を装備する一二・七センチ単装高角砲が、砲撃を開始したのだ。

輪型陣の前方でも、内側でも、発射炎が閃き、砲声が轟く。

高度一万二〇〇〇フィート上空で、無数の一二・七センチ砲弾が炸裂し、爆煙が空をどす黒く染めてゆく。

砲声や炸裂音に混じり、爆音が聞こえ始める。

後方から迫り、拡大する。

「敵一機撃墜！　続けて二機撃墜！」

後部見張員が報告するが、ともすればその声も、砲声や爆音にかき消されそうだ。

爆音が、「ポートランド」の頭上を通過した。

艦橋からも、敵の機影が見え始めた。

距離があることに加え、砲煙や爆煙に遮られるため、機体形状はほとんど分からない。

それでも、ベティかネル――日本海軍の双発中型爆撃機であることだけは、想像がついた。

輪型陣の前衛上空を敵の先頭集団が通過したとき、

鋭い音が聞こえ始めた。

「来るぞ!」

デュボースが叫んだとき、海面の複数箇所で、続けざまに爆発が起こった。

敵弾のほとんどは海面に落下し、水柱を噴き上げるだけだが、数箇所で爆発光が閃き、火焰が躍る。

機数が多いだけに、不運な一発を食らう艦もあるようだ。

(『ミシシッピー』はどうだ?)

デュボースは、アジア艦隊の旗艦を見やった。

幸い、「ミシシッピー」に直撃弾を受けた様子はない。

姉妹艦の「ニューメキシコ」と「アイダホ」には直撃弾があったらしく、火災煙をなびかせているが、致命傷ではないようだ。

(切り抜けられる)

デュボースは、そう確信した。

水平爆撃の命中率は、決して高くない。アジア艦隊に致命傷を与える力はない。

フィリピンからの脱出成功だ。

「艦長、どうなっている?」

その声が、デュボースの思考を中断させた。マッカーサーが、艦橋の入り口に立っていた。

「艦長室に戻って下さい! あそこが一番安全です!」

「貴官はそう言うが、敵機と爆弾の数は――」

「敵弾、本艦に来ます!」

後部見張員の叫び声が、デュボースとマッカーサーのやり取りを中断させた。

デュボースが顔を上げたとき、生涯で初めて経験する強烈な衝撃が、艦全体を揺るがした。

第六章　開かれた航路

1

「在比米軍ハ白旗ヲ掲ゲタリ」

との報告が、呉の連合艦隊司令部に入ったのは、一一月二六日の正午過ぎだった。

日本陸軍第二五軍がルソン島に上陸した後、在比米軍は行政の中心地であるマニラを明け渡し、バターン半島とコレヒドール島に籠城していた。

バターン半島は、峻険な地形と熱帯密林に守られた天然の要塞だが、第二五軍司令官山下奉文中将は一一月二七日に総攻撃を掛ける予定で、入念に準備を進めていた。

在比米軍の将兵は、アジア艦隊がトラック環礁の太平洋艦隊と合流して、フィリピンに戻って来ると信じていたようだ。

だが、在比米軍総司令官のダグラス・マッカーサー大将が、家族と幕僚を伴ってバターンから脱出したこと、及びアジア艦隊がマッカーサーと共にフィリピンを放棄して撤退したことを知り、総攻撃予定日の前日に、第二五軍に降伏を申し入れたのだった。

「米アジア艦隊の撤退と在比米軍の降伏につきましては、既に外務省から、英仏蘭三国の政府に伝えられたとのことです」

政務参謀藤井茂中佐に続けて、黒島亀人首席参謀が言った。

「在比米軍が降伏した以上、海南島の米軍も降伏を申し出ることは確実でしょう。南シナ海の封鎖が、ようやく解かれたわけです」

「うむ」

山本五十六連合艦隊司令長官は、満足げに頷いた。最大の懸案事項が、ようやく片付いた。これで、資源入手に関する心配はなくなった――そのことを確信している様子だった。

「ただ、アジア艦隊を取り逃がしたのは痛いな。前線部隊は、よくやってくれたと思うが」

「パラオの友軍が置かれた状況からすれば、止むを得なかったと考えます。むしろ、米太平洋艦隊に大打撃を与えたことを喜ぶべきかもしれません」

大西滝治郎参謀長が言った。

パラオ諸島近海における一連の戦闘には、大本営によって「パラオ沖海戦」の公称が定められ、大戦果が発表されている。

一一月一九日の機動部隊戦と、それに続く夜戦では、戦艦一隻、空母二隻、巡洋艦三隻、駆逐艦二隻撃沈、空母一隻、巡洋艦一隻、駆逐艦三隻撃破の戦果が挙がった。

翌一一月二〇日には、フィリピンからトラックに向かう米アジア艦隊の残存部隊に、第四艦隊隷下の基地航空隊が長距離爆撃を敢行し、巡洋艦一隻、駆逐艦二隻撃沈、戦艦二隻、巡洋艦一隻、駆逐艦四隻撃破の戦果を上げている。

日本側では、駆逐艦「朝霧」「夕霧」が沈没し、駆逐艦「敷波」が大破、戦艦「陸奥」、空母「加賀」「翔鶴」、軽巡「川内」が中破、戦艦「長門」「赤城」が小破と判定される被害を受けた。

彼我の損害を比較した限りでは、日本側の大勝と言っていい。大本営も「我が軍の勝利」を大々的に発表している。

ただし、「アジア艦隊の撃滅」という作戦目的は達成できなかった。

パラオより出撃した第二四、二六両航空戦隊は、米アジア艦隊の頭上から、多数の二五番、五〇番を降らせたものの、敵を全滅させるには至らなかったのだ。

米アジア艦隊の残存艦は、いずれ米本国で修理を施され、最前線に戻って来る。

それを考えれば、手放し（てばな）で勝利を喜べない、と山本は考えている様子だった。

「最も重要な戦果は、第三艦隊による敵空母の撃沈破です」

榊久平航空参謀が発言した。

「情報によれば、米軍はアジア艦隊に空母二隻、太平洋艦隊に空母三隻を配備していました。アジア艦隊の空母は、一〇月のルソン沖海戦で撃沈し、此度のパラオ沖海戦では、空母二隻を沈め、一隻を撃破しました。これは、現時点において、米軍の稼働空母がなくなったことを意味します。米軍は、損傷した空母の修理と共に、大西洋からの空母の回航を急ぐでしょうが、それらが揃ったとしても、空母戦力では我が方が優勢です」

「空母については確かにその通りだが、米太平洋艦隊の戦艦は、一隻が沈んだだけだ。キンメルは健在な戦艦を前面に立て、巻き返しに出て来るのではないか?」

黒島首席参謀の意見に対し、榊は答えた。

「空母がなければ、我が軍は一方的に敵戦艦を叩けます」

「航空攻撃だけで沈んだ戦艦はない。ルソン沖海戦では、最終的に敵戦艦を沈めたのは水上部隊の砲雷撃だし、パラオ沖海戦の終盤におけるアジア艦隊への攻撃でも、敵戦艦の撃沈には至っていない」

黒島は、痛いところを衝いた。

米国との建艦競争に敗北した後、航空主兵主義に舵を切った帝国海軍だが、現実には戦艦に対する航空機の優位性を実証できたとは言い難い。

ルソン沖海戦では、航空機は敵戦艦に手傷を負わせただけであり、パラオ沖海戦では敗残のアジア艦隊を六〇機以上の陸攻が爆撃したにも関わらず、戦艦撃沈の戦果は上げられなかったのだ。

軍令部や海軍省でも、航空主兵思想そのものに対する疑念の声が上がっていた。

「撃沈はできなくとも、戦闘力を削ぐことはできます。それは、ルソン沖海戦で実証されています」

榊に続いて、三和義勇作戦参謀が発言した。

「空母の重要性は、米軍も理解しています。現に米太平洋艦隊は、アジア艦隊の撤退を援護するため、手持ちの空母全てを投入したのです。空母なしで新たな攻勢に出る可能性は少ないと考えます」

「米太平洋艦隊の戦艦は、ＧＦを遥かに凌駕している。パラオ沖で新鋭戦艦一隻を沈めたといっても、トラックには戦艦と巡戦を合わせて、一三隻が展開しているとのことだ。敵が数の力にものを言わせて、新たな攻勢に出る可能性は否定できない」

　黒島の主張に対し、榊が反論した。

「太平洋艦隊の全戦艦が出撃可能であれば、パラオ沖海戦のときに出撃させているはずです。それをせず、新鋭戦艦二隻と機動部隊の出撃に留めたのは、全戦艦の出撃が可能な状態にはないからだ、と推測できます」

「太平洋艦隊に対する足止め作戦が奏功している、というのが航空参謀の主張か？」

　山本の問いに、榊は頷いた。

「おっしゃる通りです。米軍は開戦劈頭、一挙にマーシャル、トラックを占領しましたが、これは同時に、長大な補給線を抱えたことを意味します。我が軍は、その弱点を衝くことに成功したと考えます」

「となりますと、今しばらく、敵をトラックに釘付けにするのが効果的ですな」

　大西が起立し、机上に広げられている広域図に指示棒を伸ばした。

「今後は、パラオとマリアナが最前線になります。当面、パラオ、マリアナの守りを固めると共に、敵の補給線攻撃を継続してはいかがでしょうか？」

2

　同じ頃、アメリカ合衆国アジア艦隊の残存艦艇は、トラック環礁に入泊していた。

「聞くと見るとでは、大違いだな」

　太平洋艦隊司令長官ハズバンド・Ｅ・キンメル大将は、旗艦「ペンシルヴェニア」の艦上で、唸り声を上げた。

　対日開戦時、フィリピンのキャビテ軍港に堂々たる姿を浮かべていたアジア艦隊の姿はない。

九隻を数えた戦艦は五隻に激減している上、生き残った艦も大きく損傷している。

何よりもキンメルを嘆かせたのは、喪失した戦艦が、全てサウス・ダコタ級に属していたことだ。

五〇口径四〇センチ砲は、一発当たりの破壊力では、世界の艦載砲中随一を誇る。

その砲を一二門も装備するサウス・ダコタ級は、名実ともに世界最強の戦艦と言っていい存在だった。

そのサウス・ダコタ級が四隻も沈んだのだ。

それだけではない。

軍縮条約の失効後、合衆国が満を持して完成させた最新鋭戦艦のアラバマ級も、一隻が喪われている。

「建艦競争における敗北者」というのが、日本海軍に対するキンメルの認識だった。

日本は身の程知らずにも合衆国に建艦競争を挑んだ結果、戦艦、巡戦の数で大差を付けられた立場だ。

その日本海軍に、サウス・ダコタ級四隻、アラバマ級一隻が沈められた。

現実を前に、キンメルは日本海軍に対する認識を改めないわけにはいかなかった。

アジア艦隊が入泊してから一時間後、キンメルは「ペンシルヴェニア」の長官公室に、アジア艦隊司令長官ウィルソン・ブラウン大将を迎えた。

新任の長官として赴任すべく、フィリピンに旅立っていったときには、真新しい海軍の軍装に身を包み、颯爽とした海軍提督の姿を見せていたが、今は見る影もない。

軍服は薄汚れ、顔の色はどす黒い。一度に一〇歳以上も年を取ってしまったかのようだ。

リンガエン湾海戦の敗北以来、絶えず重圧に苛まれていたに違いなかった。

「御苦労だった、ミスター・ブラウン」

「恥を忍んで還って来た。敗残の身を貴官に預ける、ミスター・キンメル」

敬礼しながらねぎらいの言葉をかけたキンメルに、

ブラウンは答礼を返しながら言った。

「マッカーサー大将は、一緒ではなかったのか？　アジア艦隊と共に、フィリピンから脱出したと聞いていたが」

気がかりだったことを、キンメルは聞いた。

ブラウンから来艦を告げられたとき、「マッカーサー大将を伴って欲しい」と連絡していたのだ。

ブラウンはかぶりを振り、「マッカーサーはあそこだ」と言いながら、一隻の艦を指さした。

重巡洋艦の「ポートランド」だ。艦橋が潰れ、半分ほどの高さになっている。

「最後にジャップの空襲を受けたとき、爆弾が『ポートランド』の艦橋を直撃した。マッカーサーは艦長や航海長共々、艦橋の破壊に巻き込まれたのだ。残骸を片付けて、遺体を水葬にする余裕もなく、そのままトラックまで回航せざるを得なかった」

「なんたることだ……」

キンメルは、茫然として呟いた。

マッカーサーは、極東陸軍の指揮官として戦死することも、日本軍の捕虜となることも潔しとせず、部下を残して脱出する道を選んだが、それは死への旅路となったのだ。

「我が太平洋艦隊も、アジア艦隊を充分援護しきれなかった」

大きく息を吐き出しながら、キンメルは言った。

太平洋艦隊は、アジア艦隊のフィリピン脱出を援護するため、ウィリアム・ハルゼー少将が率いるＴＦ２と、アラン・グルーバー少将が率いるＴＦ10を出撃させたが、パラオの敵飛行場に対する攻撃は不徹底なものとなり、アジア艦隊への空襲を許すこととなったのだ。

「日本軍の投入兵力を見誤り、戦力を小出しにしてしまったのは、太平洋艦隊司令部の責任だ。その点については、申し訳なく思っている」

そう言って、キンメルは頭を下げた。

「我がアジア艦隊も、意地を通した」

ブラウンはニヤリと笑った。

「航空機による戦艦の撃沈を許さなかったことだ。アジア艦隊は一連の戦闘で、サウス・ダコタ級戦艦四隻を喪ったが、航空攻撃のみで沈められた艦はない。二隻は水上砲戦で沈み、二隻はトラックへの回航不能と判断して、自沈処分とした。我が合衆国戦艦は、ジャップの航空機に対して、依然不敗の記録を保ち続けている」

「アジア艦隊の奮闘は立派だが、それ以上に貴官に感謝したいことがある。アジア艦隊の将兵を、トラックまで連れ帰ってくれたことだ」

キンメルは、心からの感謝を込めて言った。

本国では、ニューヨーク軍縮条約の失効を睨んで準備されていた新鋭戦艦が、次々と竣工しつつある。

アジア艦隊の将兵、特に乗艦を喪ったサウス・ダコタ級戦艦四隻の元乗員の多くは、改めて新鋭戦艦に配属される可能性が高い。

貴官は、艦以上に貴重な人材を多数、生還させてくれたのだ、とキンメルは力を込めて言った。

「新たな戦艦か。本国はフィリピンでの戦訓を容(い)れ、空母の拡充と航空機の増産を図るものとばかり思っていたが」

不満げな口調で言ったブラウンに、キンメルは言った。

「大艦巨砲主義から航空主兵主義に鞍替(くらが)えしたような言い分だな」

「ジャップの航空機にあれだけ痛めつけられれば、誰でも同じような考えを持つようになるさ」

「新鋭戦艦は、対日開戦の何年も前から建造が始まっていた。既に竣工した艦や艤装(ぎそう)工事中の艦もある。今更(いまさら)、中止にもできまい」

「新鋭艦が何であれ、その指揮を執るのは、私ではないだろうな」

ブラウンは寂(さび)しげに笑った。

本国に戻れば、査問(さもん)委員会が待っている。そこではブラウンに対し、リンガエン湾海戦、マニラ湾口海戦における敗北の責任やフィリピンの失陥、更には「ポートランド」艦上におけるマッカーサー大将戦死の責任を問われるはずだ。

　自分を待つ運命は、予備役編入以外にあり得ない、とブラウンは言った。

「私が、貴官の権利を擁護する。貴官が海軍に留まれるよう、できる限りのことはするつもりだ」

「気持ちはありがたいが、貴官を巻き込むのは本意ではない。貴官は太平洋艦隊の長官として、力を尽くすことだけを考えて欲しい」

　ブラウンは静かな声で言った。既に、自身の将来に見切りを付けている様子だった。

「ところで、太平洋艦隊は今後、どのような作戦展開を考えているのかね？　対日戦争の緒戦を戦った立場としては、大いに気になるところだが」

「太平洋艦隊の一存だけで決められるものではない。作戦本部と協議の上、決定することだ」

　ブラウンの問いに、キンメルは答えた。

　フィリピンの失陥により、太平洋艦隊の選択肢は増えた、とキンメルは考えている。

　パラオ、フィリピンと進攻して、フィリピンの解放を目指すルートの他に、北上してマリアナ諸島、小笠原諸島を経由し、日本本土に迫るルートもある。

　どちらを選ぶにせよ、本国の決定を待つ必要があった。

　キンメルは、思いついて付け加えた。

「仮に方針が決まっても、すぐに動けるわけではない。太平洋艦隊は、燃料事情という問題を抱えている。開戦劈頭の奇襲で、我が軍は一気にトラックまで前進したが、一旦退くことも選択肢の一つとして考えるべきかもしれぬ」

3

　第四艦隊司令長官井上成美中将が内地に呼び戻されたのは、一二月一日だった。

「貴官を、四艦隊長官の任から解く」

東京・霞ヶ関の海軍省に出頭し、大臣室に入った井上に、海軍大臣吉田善吾大将は重々しい声で告げた。

（やはり）

井上は、内心で呟いた。

開戦直後にトラック環礁を失っただけではなく、多くの将兵を現地に置き去りにして逃げ出した身だ。

その後は、パラオで基地航空作戦の指揮を執ったが、結果は満足できるものではなかった。

パラオにあった二箇所の飛行場は、敵機動部隊の強襲で大きな損害を受け、一時的に使用不能に陥ったのだ。

夜を徹しての突貫工事で、アイライ飛行場を修復した後は、サイパンに避退していた陸攻隊を呼び戻し、パラオの南方海上を航行中の米アジア艦隊を叩いたが、不満足な戦果しか上げられなかった。

空襲で魚雷調整場を破壊されたため、攻撃は二五番、五〇番による水平爆撃となり、十二分な命中率を得られなかったのだ。

俺は実戦向きの指揮官ではなかったのだろう、と井上は思う。

現職からの更迭と予備役編入は致し方のないことだ。

「四艦隊長官の解任は、トラック喪失の責任を問うてのものではない」

井上の表情から内心を読み取ったのだろう、吉田は小さく笑った。

「海軍中央は、開戦劈頭にトラック、マーシャルが奇襲を受け、敵に占領されてしまったのは止むを得ないことだったと認識している。我が軍は、だまし討ちにあったようなものだ。あの状況では、誰が四艦隊長官の職にあっても、トラック、マーシャルの陥落は避けられなかった。むしろ、トラックの在泊艦船をいち早く出港させ、被害を最小限に抑えた功績を讃えたいほどだ」

「すると、パラオ沖海戦における拙劣な指揮が理由でしょうか？」

「四艦隊はよくやったではないか。空襲を察知すると同時に、全戦闘機を上げて邀撃しただけではない。陸攻隊を避退させ、地上で破壊された機体を最小限に抑えている。機動部隊の司令部も、四艦隊には感謝していた。『四艦隊隷下の戦闘機隊が、敵の艦上機を多数撃墜してくれたおかげで、機動部隊の損害を最小限に抑えることができた』と。自分では自覚していないかもしれないが、貴官は帝国海軍の中でも、防御戦闘に適した指揮官なのかもしれぬ」

井上は困惑した表情を浮かべた。

自分が内地に呼び戻され、四艦隊の長官から解任された理由が分からなくなったのだ。

「貴官を呼び戻したのは、死なせたくないからだ」

これが核心だ——吉田の言葉には、その意が込められていた。

「最前線にいれば、戦死する可能性がつきまとう。現にトラックでは、危ないところだったのだからな。貴官は前線部隊指揮官としても立派にやれることを、パラオ沖海戦で実証したが、今後は軍政面で手腕を発揮して欲しい。首相も、米国との講和には井上が必ず必要になる、と言っておられた」

（首相のお声がかりか）

井上は、自分が呼び戻された理由を悟った。

現首相の米内光政、連合艦隊司令長官の山本五十六、そして井上の三人は、事あるごとに対米非戦を訴えた同志だ。

その米内が、海軍省に口を利いたのだろう。

「とはいえ、すぐには貴官に用意できるポストがない。軍務局長、航空本部長を歴任した貴官に最も相応しいのは海軍次官だが、沢本（沢本頼雄中将。海軍次官）が次官になってから、まだ八ヶ月だ。交替には少し早過ぎる」

「無任所でも、私は構いませんが」

井上は、こともなげに言った。

役職になど就かない方が、自由に動くことができ、講和に向けての活動も進め易くなる。

「江田島の校長はどうだ?」

吉田は、思いがけないポストの名を口にした。

「講和のための工作を進めるとなれば、反対派の妨害が予想されるし、命を狙われる危険もある。江田島なら、和平工作を独自に進めても目立たない。海軍省の要職を歴任し、四艦隊の長官も務めた貴官を江田島の校長に任ずるのは、一見左遷人事のようだが、しばらく雌伏の時を過ごしてはどうだろう?」

4

「このあたりだったな。以前に、アメリカ軍の艦隊と遭遇したのは」

大英帝国の貨物船「アルタイル」の船長は、航海長に話しかけた。

現在位置は、南シナ海の北部。ルソン島と中国領海南島の中間海面だ。

「アルタイル」は今年の八月二日、同じ海域で、西進するアメリカ・アジア艦隊の艦艇群と遭遇した。

アメリカ艦隊の行き先や目的について、船長らが知る術はなかったが、後にハイナン島に駐留する艦艇群だったことを知った。

フィリピンのアメリカ軍が南シナ海を封鎖したのは、その二ヶ月後だ。

対日貿易に従事する商船は、国籍を問わず、一切この海域を通れなくなったのだ。

「アルタイル」も南シナ海の通過を試みたが、アメリカ軍の巡洋艦に追い返され、引き返さざるを得なかった。

そのアメリカ軍は、もういない。

南シナ海の封鎖に当たっていたアメリカ・アジア艦隊の艦艇群はフィリピンから去り、フィリピンのアメリカ極東陸軍は白旗を掲げた。

イギリスも、フランス、オランダも、日本との取引を再開し、港に留め置かれていた商船は積み荷を満載し、次々と出港していった。

「アルタイル」も、その一隻だ。

　戦争の激化に伴い、日本向けの積み荷であるボーキサイトや鉄鉱石の輸送量は急増している。

　日本海軍は、戦艦よりも空母と航空機を主力としており、航空機の生産を拡充しているため、アルミニウムの原料となるボーキサイトの需要は高まる一方だ。

「何十年かに一度、あるかないかのビジネス・チャンスだ。稼(かせ)げるだけ稼ぐぞ」

　このように考えているのは「アルタイル」の船長や船主だけではない。

　イギリス領のシンガポールやマレーシア、フランス領インドシナ、オランダ領東インド等で海運業に従事している人々の誰もが、同じ考えを抱いていたであろう。

「船長、軍艦です！　右四五度！」

　時刻が現地時間の正午を回る頃、見張員が叫び声を上げた。

　一瞬、船長の脳裏に四ヶ月前のことが甦ったが、すぐに打ち消した。

　アメリカ軍は、もういないのだ。アメリカの軍艦であるはずがない。

「国籍を確認しろ」

　航海長の命令に、若干の間を置いてから報告が返された。

「旭日旗(ライジング・サン・フラッグ)が見えます。日本の軍艦です」

「やはりな」

　船長は、航海長と頷き合った。

　フィリピンでは日本軍による占領統治やマニラの軍港化が進められているという。

　南シナ海のうち、東半分は事実上日本の内海(ないかい)になったも同然なのだ。

　このあたりの海にいる軍艦は、日本海軍の所属艦以外にないはずだった。

船長は、双眼鏡を右前方の軍艦に向けた。

中型艦が一隻に小型艦が六隻だ。

それらに囲まれるようにして、二隻の輸送船が見える。

輸送船の速力に合わせているのだろう、五ノット程度の速力で、ゆっくりと「アルタイル」の前方を横切ってゆく。

「面舵一杯。針路四五度」

「面舵一杯。針路四五度！」

船長の命令を受け、一等航海士が舵輪を回した。

「アルタイル」は大きく船首を右に振った。

イギリス領シンガポールから日本の横浜港(ヨコハマ)にボーキサイトを運ぶ輸送船と、日本軍の艦隊は反航する形となり、次第に遠ざかってゆく。

この三日前、ハイナン島に駐留するアメリカ軍部隊が、フィリピンを占領した日本軍に投降を申し入れる旨、電報を送っていたことも、たった今「アルタイル」とすれ違った艦隊が、降伏の受け入れとアメリカ軍将兵の収容に向かっていることも、船長の知るところではなかった。

「アルタイル」の前方には、波が穏(おだ)やかな南シナ海——目的地のヨコハマ港まで続く海が広がっていた。


【第三巻に続く】

ご感想・ご意見は
下記中央公論新社住所、または
e-mail：cnovels@chuko.co.jpまで
お送りください。

C★NOVELS

高速戦艦「赤城」2
——「赤城」初陣

2023年10月25日　初版発行

著者　横山信義
発行者　安部順一
発行所　中央公論新社
〒100-8152　東京都千代田区大手町1-7-1
電話　販売 03-5299-1730　編集 03-5299-1930
URL https://www.chuko.co.jp/

DTP　平面惑星
印刷　三晃印刷（本文）
大熊整美堂（カバー・表紙）
製本　小泉製本

Published by CHUOKORON-SHINSHA, INC.
Printed in Japan　ISBN978-4-12-501473-9 C0293

高速戦艦「赤城」1
帝国包囲陣

横山信義

満州国を巡る日米間交渉は妥協点が見出せぬまま打ち切られ、米国はダニエルズ・プランのもとに建造された四〇センチ砲装備の戦艦一〇隻、巡洋戦艦六隻をハワイとフィリピンに配備する。

ISBN978-4-12-501470-8 C0293　1100円

カバーイラスト　佐藤道明

連合艦隊西進す 1
日独開戦

横山信義

ソ連と不可侵条約を締結したドイツは勢いのままに大陸を席巻、英本土に上陸し首都ロンドンを陥落させた。東アジアに逃れた英艦隊は日本に亡命。これによりヒトラーの怒りは日本に波及した。

ISBN978-4-12-501456-2 C0293　1000円

カバーイラスト　高荷義之

連合艦隊西進す 2
紅海海戦

横山信義

亡命イギリス政府を保護したことで、ドイツ第三帝国と敵対することになった日本。第二次日英同盟のもとインド洋に進出した連合艦隊は、Uボートの襲撃により主力空母二隻喪失という危機に。

ISBN978-4-12-501459-3 C0293　1000円

カバーイラスト　高荷義之

連合艦隊西進す 3
スエズの彼方

横山信義

英本土奪回を目指す日本・イギリス連合軍にはスエズ運河を押さえ、地中海への航路を確保する必要がある。だが連合軍の前に、北アフリカを堅守するドイツ・イタリア枢軸軍が立ち塞がる！

ISBN978-4-12-501461-6 C0293　1000円

カバーイラスト　高荷義之

表示価格には税を含みません

連合艦隊西進す 4
地中海攻防

横山信義

ドイツ・イタリア枢軸軍を打ち破り、次の目標である地中海制圧とイタリア打倒に向かう日英連合軍。シチリア島を占領すべく上陸船団を進出させるが、枢軸軍がそれを座視するはずもなく……。

ISBN978-4-12-501463-0 C0293　1000円

カバーイラスト　佐藤道明

連合艦隊西進す 5
英本土奪回

横山信義

日英連合軍はアメリカから購入した最新鋭兵器を装備し、悲願の英本土奪還作戦を開始。ドイツも海軍に編入した英国製戦艦を出撃させる。ここに、前代未聞の英国艦戦同士の戦いが開始される。

ISBN978-4-12-501465-4 C0293　1000円

カバーイラスト　佐藤道明

連合艦隊西進す 6
北海のラグナロク

横山信義

日英連合軍による英本土奪還が目前に迫る中、ドイツ軍に、ヒトラー総統からロンドン周辺地域の死守命令が下された。英国政府は市街戦を避け、兵糧攻めにして降伏に追い込むしかないと決断。

ISBN978-4-12-501468-5 C0293　1000円

カバーイラスト　佐藤道明

烈火の太洋 1
セイロン島沖海戦

横山信義

昭和一四年ドイツ・イタリアとの同盟を締結した日本は、ドイツのポーランド進撃を契機に参戦に踏み切る。連合艦隊はインド洋へと進出するが、そこにはイギリス海軍の最強戦艦が——。

ISBN978-4-12-501437-1 C0293　1000円

カバーイラスト　高荷義之

烈火の太洋 2
太平洋艦隊急進

横山信義

アメリカがついに参戦！　フィリピン救援を目指す米太平洋艦隊は四〇センチ砲戦艦コロラド級三隻を押し立てて決戦を迫る。だが長門、陸奥という主力を欠いた連合艦隊に打つ手はあるのか⁉

ISBN978-4-12-501440-1 C0293　1000円　カバーイラスト　高荷義之

烈火の太洋 3
ラバウル進攻

横山信義

ラバウル進攻命令が軍令部より下り、主力戦艦を欠いた連合艦隊は空母を結集した機動部隊を編成。米太平洋艦隊も空母を中心とした艦隊を送り出した。ここに、史上最大の海空戦が開始される！

ISBN978-4-12-501442-5 C0293　1000円　カバーイラスト　高荷義之

烈火の太洋 4
中部ソロモン攻防

横山信義

海上戦力が激減した米軍は航空兵力を集中し、ニューギニア、ラバウルへと前進する連合艦隊に対抗。膠着状態となった戦線に、山本五十六は新鋭戦艦「大和」「武蔵」で迎え撃つことを決断。

ISBN978-4-12-501448-7 C0293　1000円　カバーイラスト　高荷義之

烈火の太洋 5
反攻の巨浪

横山信義

米軍の戦略目標はマリアナ諸島。連合艦隊はトラックを死守すべきか。それとも撃って出て、米軍根拠地を攻撃すべきか？　連合艦隊の総力を結集した第一機動艦隊が出撃する先は――。

ISBN978-4-12-501450-0 C0293　1000円　カバーイラスト　高荷義之

表示価格には税を含みません

烈火の太洋 6

消えゆく烈火

横山信義

トラック沖海戦において米海軍の撃退に成功したものの、連合艦隊の被害も甚大なものとなった。彼我の勢力は完全に逆転。トラックは連日の空襲に晒される。そこで下された苦渋の決断とは。

ISBN978-4-12-501452-4 C0293　1000円

カバーイラスト　高荷義之

荒海の槍騎兵 1

連合艦隊分断

横山信義

昭和一六年、日米両国の関係はもはや戦争を回避できぬところまで悪化。連合艦隊は開戦に向けて主砲すべてを高角砲に換装した防空巡洋艦「青葉」「加古」を前線に送り出す。新シリーズ開幕！

ISBN978-4-12-501419-7 C0293　1000円

カバーイラスト　高荷義之

荒海の槍騎兵 2

激闘南シナ海

横山信義

「プリンス・オブ・ウェールズ」に攻撃される南遣艦隊。連合艦隊主力は機動部隊と合流し急ぎ南下。敵味方ともに空母を擁する艦隊同士——史上初・空母対空母の大海戦が南シナ海で始まった！

ISBN978-4-12-501421-0 C0293　1000円

カバーイラスト　高荷義之

荒海の槍騎兵 3

中部太平洋急襲

横山信義

集結した連合艦隊の猛反撃により米英主力は撃破された。太平洋艦隊新司令長官ニミッツは大西洋から回航された空母群を真珠湾から呼び寄せ、連合艦隊の戦力を叩く作戦を打ち出した！

ISBN978-4-12-501423-4 C0293　1000円

カバーイラスト　高荷義之